雪候鸟

愿时光能缓，故人不散

肖复兴散文精选集

肖复兴 著

华中科技大学出版社
http://press.hust.edu.cn
中国·武汉

图书在版编目(CIP)数据

愿时光能缓，故人不散：肖复兴散文精选集/肖复兴著.—武汉：华中科技大学出版社，2021.7（2025.5重印）
（雪候鸟）
ISBN 978-7-5680-7048-5

Ⅰ.①愿… Ⅱ.①肖… Ⅲ.①散文集－中国－当代 Ⅳ.①I267

中国版本图书馆CIP数据核字（2021）第061965号

愿时光能缓，故人不散——肖复兴散文精选集　　肖复兴　著
Yuan Shiguang Neng Huan, Guren bu San——Xiao Fuxing Sanwen Jingxuanji

策划编辑：	娄志敏
责任编辑：	章　红
封面设计：	三形三色
责任校对：	刘　竣
责任监印：	朱　玢
出版发行：	华中科技大学出版社（中国·武汉）　　电话：（027）81321913
	武汉市东湖新技术开发区华工科技园　　邮编：430223
印　　刷：	湖北新华印务有限公司
开　　本：	880mm×1230mm　1/32
印　　张：	8
字　　数：	157千字
版　　次：	2025年5月第1版第6次印刷
定　　价：	35.00元

本书若有印装质量问题，请向出版社营销中心调换
全国免费服务热线：400-6679-118　竭诚为您服务
版权所有　侵权必究

目录

Contents

第一辑 | 生命不仅属于自己

世上有一部永远写不完的书，那便是母亲。

002 —— 母亲

006 —— 温暖的劈柴

009 —— 父亲的三件宝贝

019 —— 清明忆父

022 —— 娘的四扇屏

026 —— 窗前的母亲

029 —— 母亲与莫扎特

032 —— 荞麦皮枕头

035 —— 母亲的学问

038 —— 生命不仅属于自己

第二辑 | 那片绿绿的爬山虎

童年和少年,是永远回忆不完的,像是永远挖不平的大山。

042 — 童年的小花狗

044 — 阳光的两种用法

046 — 那片绿绿的爬山虎

049 — 表叔与阿婆

052 — 独草莓

055 — 中秋团圆

060 — 消失的年声

063 — 窗前的年灯

066 — 拥你入睡

069 — 被雨打湿的杜甫

第三辑 | 白雪红炉烀白薯

人生的滋味真正品味到了，是我们以全部青春作为代价。

074 —— 荔枝

077 —— 苦瓜

080 —— 花边饺

083 —— 翻毛月饼

086 —— 金妈妈杏

089 —— 佛手之香

093 —— 青木瓜之味

097 —— 除夕的荸荠

100 —— 家乡的小枣

103 —— 白雪红炉烀白薯

109 —— 太阳味道的西红柿

112 —— 喝得很慢的土豆汤

第四辑 | 读书是一种修合

读书也是一种修合，不是给别人看的，也不是为别人读的，更不是为功名利禄读的。读书人的德性，心知书知，天知地知。

116 —— 细读的妙处

119 —— 第一本书的作用力

125 —— 读书是一种修合

128 —— 少读唐诗

134 —— 少读宋词

138 —— 借书奇遇

142 —— 偷读禁书的滋味

145 —— 一生读书始于诗

150 —— 藏书与扔书

154 —— 冬夜重读史铁生

第五辑 | 年轻时去远方漂泊

人的一生，如果真的有什么事情叫作无愧无悔的话，在我看来，就是你的童年有游戏的欢乐，你的青春有漂泊的经历，你的老年有难忘的回忆。

162 —— 明信片

168 —— 年轻时去远方漂泊

171 —— 机场的拥抱

174 —— 风景只在想象中

177 —— 京城花事

183 —— 大理看花

187 —— 四块玉和三转桥

190 —— 杜鹃，杜鹃

193 —— 北京的树

200 —— 鱼鳞瓦

第六辑 | 简洁是最美的生活

简洁的生活，其实是以少胜多的生活，少的是我们对物质的贪得无厌，多的是对心灵和精神自由展开的空间。

206 — 草是怎样一点点绿的

209 — 简洁是最美的生活

212 — 孤独的吹笛人

215 — 平安即福

219 — 宽容是一种爱

222 — 等那一束光

225 — 生命的平衡

227 — 学会感恩

232 — 忽然想起了棉花

235 — 孤单的雪人

238 — 树的敬畏

241 — 大自然的情感

第一辑

生命不仅属于自己

世上有一部永远写不完的书，那便是母亲。

母亲

那一年,我的生母突然去世,我不到八岁,弟弟才三岁多一点儿,我俩朝爸爸哭着闹着要妈妈。爸爸办完丧事,自己回了一趟老家。他回来的时候,给我们带回来了她,后面还跟着一个小姑娘。爸爸指着她,对我和弟弟说:"来,叫妈妈!"弟弟吓得躲在我身后,我噘着小嘴,任爸爸怎么说就是不吭声。"不叫就不叫吧!"她说着,伸出手要摸摸我的头,我扭着脖子闪开,就是不让她摸。

望着这陌生的娘儿俩,我首先想起了那无数人唱过的凄凉小调:"小白菜呀,地里黄呀,两三岁呀,没有娘呀……"我不知道那时是一种什么心绪,总是忐忑不安地偷偷看她和她的女儿。

在以后的日子里,我从来不喊她妈妈,学校开家长会,我硬是把她堵在门口,对同学说:"她不是我妈。"有一天,我把妈妈生前的照片翻出来挂在家里最醒目的地方,以此向她示威。怪了，她不但不生气，而且常常踩着凳子上去擦照片上的灰尘。有一次，她正擦着，我突然向她大声喊着："你别碰我的妈妈。"好几次夜里，我听见爸爸在和她商量："把照片取下来吧！"而她总是说："不碍事儿。挂着吧！"头一次我对她产生了一种说不出的好感，但我还是不愿叫她妈妈。

孩子没有一个是省油的灯，大人的心操不完。我们大院有块平坦、宽敞的水泥空场。那是我们孩子的乐园。我们没事便到那儿踢球、跳皮筋，或者漫无目的地疯跑。一天上午，我被一辆突如其来的自行车撞倒，重重地摔在水泥地上，立刻晕了过去，等我醒来的时候，已经躺在医院里了。大夫告诉我："多亏了你妈呀！她一直背着你跑来的，生怕你留下后遗症，长大了可得好好孝顺她呀……"

她站在一边不说话，看我醒过来便伏下身摸摸我的后脑勺，又摸摸我的肚子。我不知怎么搞的，第一次在她面前流泪了。

"还疼？"她立刻紧张地问我。

我摇摇头，眼泪却止不住。

"不疼就好，没事就好！"

回家的时候，天已经全黑了。从医院到家的路很长，还要穿过一条漆黑的小胡同，我一直伏在她的背上。我知道刚才她就是这样背着我，跑了这么长的路往医院赶的。以后的许多天里，她不管见爸爸还是见邻居，总是一个劲儿埋怨自己："都赖我，没看好孩子！千万别落下病根呀……"好像一切过错不在那硬邦邦的水泥地，不在我那样调皮，而全在于她。一直到我活蹦乱跳一点儿没事了，她才舒了一口气。

没过几年，三年自然灾害就来了，只是为了省出家里一口人的饭，她把自己的亲生闺女，那个老实、听话，像她一样善良的小姐姐嫁到了内蒙古。那年小姐姐才18岁，我记得特别清楚。那一天，天气很冷，爸爸看小姐姐穿得太单薄了，就把家里唯一一件粗线毛大衣给小姐姐穿上，她看见了，一把给扯了下来："别，还是留给她弟弟吧！"车站上，她一句话也没说，只是在火车开动的时候，向女儿挥了挥手。寒风中，我看见她那像枯枝一样的手臂在抖动，回来的路上她一边走一边叨叨："好啊，好啊。闺女大了，早点寻个家好啊，好！"我实在是不知道人生的滋味儿，不知道她一路上叨叨的这几句话是在安抚她自己那流血的心。她也是母亲，她送走自己的亲生闺女，为的是两个并非亲生的孩子，世上竟有这样的后母？望着她那日趋隆起的背影，我的眼泪一个劲往外涌。"妈妈！"我第一次这样称呼了她，她站住了，回过头来，愣愣地看着我不敢相信这是真的，我又叫了一声"妈妈"，她竟"呜"的一声哭了，哭得像个孩子。多少年的酸甜苦辣，多少年的委屈，全都在这一声"妈妈"中融解了。

母亲啊，您对孩子的要求就是这么少……

这一年，爸爸因病去世了，妈妈先是帮人家看孩子，以后又在家里弹棉花、攥线头，她就是用弹棉花攥线头挣来的钱供我和弟弟上学。望着妈妈每天满身、满脸、满头的棉花毛毛，我常想亲娘又怎么样？从那以后的许多年里，我们家的日子虽然过得很清苦，但是，有妈妈在，我们仍然觉得很甜美。无论多晚回家，那小屋里的灯总是亮的，橘黄色的灯光里是妈妈跳动的心脏。只要妈妈在，那小屋便充满温暖，充满了爱。

我总觉得妈妈的心脏会永远地跳动着，却从来没想到，我们刚大学毕业的时候，妈妈却突然地倒下了，而且再也没有起来。妈妈，请您在天之灵能原谅我们，原谅我们儿时的不懂事，而我永远也不能原谅自己。我知道在这个世界上，我什么都可以忘记，却永远不能忘记您给予我们的一切……世上有一部永远写不完的书，那便是母亲。

温暖的劈柴

那一年,父亲病故,我从北大荒回到北京,还不到三十岁,还没有结婚。那时候,我没有意识到母亲已经老了。那时候,我还年轻,心像长了草,总觉得家狭窄憋屈,一有空就老想往外跑,好像外面的世界真的很精彩,可以让自己散心,也能让自己成材,便常常毫不犹豫地把母亲一个人孤零零地甩在家里。母亲从来不说什么,由着我的性子,没笼头的马驹子似的到处散逛,在她的眼里,孩子的事,甭管什么事,总是大的。

都说年轻时不懂得爱情,其实,年轻时最不懂得的是父母。

那时候,我在一所中学里当老师。有一次,放寒假了,我没有想到有时间了,可以在家里多陪陪已经年迈的母亲,相反觉得好不容易放假了,打开了笼子的鸟,还不可劲儿地飞?便利用假期和伙伴们到河北兴隆的山区玩了一个多星期。

回来的那天,到家已经是晚上了。推门进屋,屋里黑洞洞的，没亮灯。正纳闷儿，听见一个老爷子的声音：是复兴回来了吧？然后听见火柴噌噌响了好几声，大概是返潮，终于一闪一闪的，点亮了炉膛里的劈柴。正是冬天，我感到屋里一股凉飕飕的寒气。

说话的是邻居赵大爷，年龄比母亲还要大几岁，身板很结实。我摸到开关，打开了电灯，才看见母亲蜷缩在床上的被子里。赵大爷对我说："你妈两天没出门了，我担心她一个人在家别出什么事，进你家一看，老太太感冒躺在床上起不来了，炉子也灭了，这么冷的天，人哪儿受得了呀。这不赶紧找劈柴生火，连灯都没顾得上开。"

炉火很快就生着了，火苗噌噌往上蹿，屋子里暖和起来，被子里的母亲也稍稍舒展了腰身。赵大爷一身的灰和劈柴渣儿，母亲对我说，多亏了你赵大爷。我连忙谢他，他说街里街坊的，谢什么呀，快给你妈做饭吧。母亲连连摆手，说嘴里一点儿味儿也没有，不想吃，让我先烧壶开水。我往水壶里灌好水放在炉子上，回过头看了一眼瘦弱的母亲，心里充满愧疚。

赵大爷出门前，回头对我说："你要不先到我家拿点儿劈柴去，你家的劈柴没有了，我刚才找了半天，才找出一点儿，刚够点着火炉子，明天火要是又灭了，你没得使。"

我跟着他走到他家，他抱来满满一怀劈柴放到我的怀里，送我走出他家院门的时候，对我说了一句话，如今三十多年过去了，我还清晰地记得。他说："复兴呀，原来孔圣人说，父母在,不远游。现在别说是你们年轻人了,就是搁谁也做不到,但改一个字,父母老,不远游,还是应该能做到的。"

那天的晚上,没有星星,天很黑,很冷。走在回家的夜路上,耳边老响着赵大爷的这句话。心里很惭愧,怀里的劈柴很沉,但很暖。

父亲的三件宝贝

我小时候亲眼看到,父亲有三件宝贝。这三件宝贝都挂在我家的墙上。

一件是一块瑞士英格牌的老怀表。父亲从来没有揣在怀里,一直挂在墙上当挂钟用。那时候家里没有钟表,我们就用它来看时间。我和弟弟小时候,常常会爬到椅子上,踮着脚尖,把老怀表摘下来,放在耳朵边,听它嘀嘀嗒嗒的响声,觉得特别好玩。

一件是一幅陆润庠的字,写的什么内容,一点儿印象都没有了。只是听父亲讲过,陆润庠是清朝的大学士,当过吏部尚书,是溥仪的老师。

另一件是郎世宁画的狗,这个人是意大利人,跑到中国来,专门待在宫廷里画画。他画的狗是工笔画,装裱成立轴,有些旧损,画面已经起皱了,颜色也已经发暗,但狗身上的绒毛根根毕现,像真的一样,背景有树,枝叶茂密,画得很精细。

我不知道这两幅字画，父亲是怎样得来的，是什么时候得来的，从字画陈旧且保存不好的样子看，再从父亲喜爱又熟悉的样子看，应该年头不短了。

我猜想，父亲并不是为附庸风雅，或真的喜欢字画。他只是喜欢两幅字画的名气。值钱，使得这两幅字画的名气，在父亲的眼睛里更形象化。父亲就是一个俗人。在一面墙皮暗淡甚至有些脱落的墙上，挂着这样的字画，多少显得有些不伦不类。不过，这种不伦不类，让父亲暗暗自得。在税务局里所有20级每月拿70元工资而且始终也没有增长的同一类职员里，父亲是得意的，起码，他拥有陆润庠、郎世宁，还有另一位，就是他的老乡：纪晓岚。

墙上的这两件宝贝，常常是父亲向我和弟弟炫耀他学问的教材，同时也是父亲借此教育我和弟弟的机会。父亲教育我们的理论就是人生在世要有本事，所谓艺不压身。不管什么本事都行，就是得有本事，陆润庠不当官了，写一手好字，照样可以活得挺好；郎世宁画一手好画，在意大利行，跑到中国来也行。父亲常会由此拔出萝卜带出泥，由陆润庠和郎世宁说出好多名人。比如，他会说，同样靠一张嘴，练出本事，陆春龄吹笛子，侯宝林说相声，都成为"雄霸一方"的能人。本事有大有小，小本事有小本事的场地，大本事有大本事的场地，就怕什么本事都没有，只能人家吃肉你喝汤了。

在我小的时候，父亲并不像我长大以后那样不怎么爱说话，而是话很多，用我妈的话说是一套一套的，也不怕人家烦。父亲的教育理论中，这种成名成家的思想很严重。我大一点儿的时候，曾经当面反驳过他，他并不以为然，反而问我："不是成名成家，而是说本事大，对国家的贡献就大。你说说，到底是一个科学家对国家贡献大，还是一个农民对国家贡献大？"我回答不上来，觉得他讲的这些也有些道理：一个科学家造原子弹成功，对国家的贡献，当然比一个只种出几百斤几千斤粮食的农民要大。但是，在我长大以后，还是把小时候听到的父亲的这些言论，当成了反面材料，写进我入团的思想汇报里，在那些思想汇报里，我对父亲进行了批判。

现在回想起来，父亲的这些言论，一方面潜移默化地激励了我的学习，一方面又成为我入团进步的绊脚石。父亲的这些话，一方面成为开放在我学习上的花朵，一方面又成为笼罩在我思想上的乌云。在那个年代里，我的内心其实是有些分裂的。在这样的分裂中，对父亲的亲情被蚕食；父亲的教育理论成为批判的靶子，常常冷冰冰地矗立在面前，随时为我所用。

父亲教育我和弟弟的另一个理论，也曾经潜移默化地影响着我，那就是他常说的本事是刻苦练出来的。那时他常说的口头语，一个是要想人前显贵，就得背后受罪；一个是吃得苦中苦，才能享得福中福；一个是小时候吃窝头尖，长大以后做大官。

如果我的考试得了99分，父亲就会问我："你们班上有考100分的吗？"我说有，父亲就会说："那你就得问问自己，为什么人家考了100分，你怎么就没有考100分？一定是哪些地方复习得不够，功夫没下到家！你就得再刻苦！"

父亲教育我和弟弟的方法，就是不厌其烦。父亲的脾气很好，是个慢性子，砸姜磨蒜，一个道理，一句话，反复讲。有时候，我和弟弟都躺下睡觉了，他站在床边，还在一遍又一遍地讲，一直讲到我和弟弟都睡着了，他还在讲，发现了之后，才不得不停下了嘴巴，替我们关上灯，走出屋子。

弟弟不怎么爱学习，就爱踢足球，父亲不像说我一样说他，觉得说也没有用，便由着弟弟的性子，踢他的球。弟弟磨父亲给他买一双回力牌的球鞋，那是那个年代里最好的球鞋，一双鞋的价钱，比一双普通的力士鞋贵好多。父亲咬咬牙，还是给他买了一双。这对父亲来说是不容易的，在我和弟弟的眼里，他从来是以抠门儿著称的，很难让他从衣袋里掏出钱来。我读中学的时候，他每月只给我3元，买公共汽车月票就要2元，我便只剩下可怜巴巴的1元。过春节的时候，弟弟要买鞭炮，他会说："你买鞭炮，自己拿着香去点鞭炮，还害怕，你放炮，别人在一旁听响，所以傻小子才买鞭炮放。"他有他花钱的逻辑和说辞，我和弟弟常在背后说他是要饭的打官司，没得吃，总有得说。

父亲从王府井北口八面槽的力生体育用品商店买回一双白色高帮回力牌的球鞋，弟弟像得了宝，穿在脚上，到处显摆。父亲对他说："给你买了这双鞋，是要你好好练习踢足球，不管学什么，既然学，就一定把它学好！"对于我和弟弟，在我们渐渐长大了以后，父亲采取的教育策略也相应进行了调整和改变，他不再说那些大道理和口头语。说得好听一些，他是因材施教；说得通俗一些，就是什么虫就让它爬什么树。他认定了弟弟不是学习的料，既然喜欢踢球，就让他好好踢球吧，兴许也能踢出一片新天地。

初一的时候，弟弟没有辜负父亲给他买的那双回力牌球鞋，终于参加了先农坛业余体校的少年足球队。弟弟从业余体校回来，很兴奋地对父亲说："教练说了，我们练得好的，初中毕业就可以直接升入北京青年二队。"父亲听了很高兴，鼓励他："把足球踢好也是本事，你看人家张宏根、史万春、年维泗，就得好好练出人家一样的本事！"我家墙上的陆润庠和郎世宁，就这样成为父亲教育我和弟弟的药引子，可以引出无数的说法，编着花儿来说明他的教育理论。

在父亲的心里，有一个小九九，一碗水没有端平，而是偏向我的。他觉得弟弟学习不成，而我的学习不错，把我培养上大学，是他最大的希望。

20世纪60年代，我读初中。父亲突然病了。那正是全国闹天灾人祸的时候，连年的灾荒使粮食一下子紧张起来。我家又有弟弟和我两个正长身体的男孩子，粮食就更不够吃了，每个人每月定量，在我家每顿饭都要定量，要不到月底就揭不开锅。因此，每顿都吃不饱肚子。父亲和母亲都尽量省着吃，让我和弟弟吃，仍然解决不了问题。有一天，父亲不知从哪里买来了好多豆腐渣，开始用豆腐渣包团子吃。团子，是用棒子面包着馅的一种吃食，类似包子。开始的时候，掺一些菜在豆腐渣里，还好咽进肚子里。后来，包的只是豆腐渣，那东西又粗又发酸，吃一顿两顿还行，天天吃的话真有些受不了。可是父亲却天天在吃豆腐渣，中午带的饭也是这玩意儿，最后吃得浑身浮肿，连脚面都肿得像水泡过的一样。单位给了一些补助，是一点儿黄豆。但是这点儿黄豆远远弥补不了父亲身体的严重欠缺，他开始半休。等他的身体稍稍恢复了以后，他的工作被调整了。

  但是父亲一直没有对我们说，他是怕我们为他担心，也是怕自己的脸面不好看。直到有一天，我发现父亲下班回来没骑他的那辆自行车，才发现了问题。原来父亲把这辆自行车推进委托行卖掉了。父亲的那辆自行车，就像侯宝林相声里说的那辆除了铃不响哪儿都响的破老爷车，一直是父亲的坐骑。父亲上班的税务局在西四牌楼，从我家坐公共汽车，去一趟要五分钱的车票，来回一角钱，父亲的这个坐骑，可以每天为父亲省下这一角钱。现在这个坐骑没有了，他每天要走着上下班了。大约就在这个时候，姐姐寄来了一封很长的信，家里一下子平地起了风波。姐姐想把我接到呼和浩特她那里上学，这样家里少了一个人的开销，特别是我读中学之后，又想要买书，花费就更大一些。姐姐想用这样的方法，帮助父亲解决一些困难。

  我不知道我自己的命运会有怎样的变化，我很想念姐姐，能够到呼和浩特去，就可以天天和姐姐在一起了；只是离开北京，离开熟悉的学校和同学，我有些不舍得。而且到一个陌生的新学校去，我又有些担忧，况且我们学校是一所百年老校，是北京市的十大重点中学之一，姐姐帮助我选择的学校是他们铁路的子弟中学，教学质量肯定不如我们学校。我拿不定主意，就看父亲最后怎么决定了。

父亲没有同意，他没有像我这样的瞻前顾后，以果断的态度给姐姐回了一封信，不容置疑地回绝了姐姐的好意。对于一辈子优柔寡断的父亲而言，这是唯一一次毅然决然的决定。或许，这是父亲性格的另一面，在年轻时军旅生涯中有所体现，只是那时我不知道罢了。父亲在给姐姐的信中说，他可以解决眼下的困难，还是希望把我留在北京，以后在北京考大学，各方面的条件都会更好些。

姐姐没再坚持。其实姐姐和父亲都是性格极其固执的人，如果不是固执，姐姐不会主意那么大，那么不听人劝，17岁时就独自一人跑到内蒙古，在风沙弥漫的京包铁路线上奔波一生。我猜想，姐姐一定明白，在父亲的心里，我的分量很重，亲眼看到我考上大学，是父亲一直的期待。姐姐也一定明白父亲的想法，因为她只读到小学四年级便参加工作了，父亲一直笃信自己的教育水平，不会相信她，更不会放心把我交到她的手里。

长大以后，我的想法有了改变，我猜想，除了对姐姐的不信任和希望亲眼看到我上大学之外，他的心里一定在想，已经把一个女儿送到塞外了，不能再把一个儿子也送到塞外。在父亲的眼里和懂得的历史中,尽管呼和浩特是一座城市,但毕竟无法和首都北京相比,那里是昭君出塞的地方。

我留在了北京。父亲继续步行从前门到西四上班。日子似乎又恢复了平静。只是粮食依然不够吃,每月月底,是最紧张的时候,面对两个正在长身体的男孩子,父亲和母亲常常面面相觑,一筹莫展。没有过多久,我发现墙上的那块英格牌的怀表没有了。又没过多久,墙上的陆润庠的字和郎世宁的狗,也都没有了。我知道,它们都被父亲卖给了委托行。那时,我妈吐血,为给我妈治病,也为治他自己的浮肿,要买一些黑市上的高价食品,父亲不得不卖掉了他仅有的三件宝贝。

我知道,父亲是希望用这样的方法,给我妈补补身体,更为挽救自己江河日下的身体,希望能尽快恢复原来的工作。

可是这三件宝贝没有挽救得了父亲的身体。黄鼠狼单咬病鸭子,他的身体状况下滑得厉害,而且又患上了高血压。税务局让他提前退休了。那一年,他57岁,离退休年龄还有三年。

退休那一天,我去税务局接父亲,顺便帮助他拿一些东西。我才发现,他被调整后的工作,不再是税务,而是税务局下属的第二产业,生产胶木产品的一个小工厂。在税务局旁边胡同里一个昏暗的车间里,我找到了父亲,他正系着围裙,戴着一副白线手套挑胶木做的什么电源开关。听见同事叫他的名字,他抬起头来看见了我,站了起来,和同事打过招呼之后,和我一起走出车间。我能感到,车间里几乎所有人的目光都落在我和父亲的身上。我不清楚那些目光的含义，是替父亲惋惜、悲伤，还是有些幸灾乐祸？

那一天，我和父亲从西四一直走到前门，一路上，我和父亲什么话也没有说，就这么默默地走在车水马龙的大街上，想象着从新中国成立以后他一直是骑着自行车上班下班来往在这条大街上的。现在，工作没有了，自行车也没有了。我知道，父亲的心里一定很痛苦，他一定没有想到他自己会以这样的一种方式告别工作，提前进入了拿国家养老金的人的行列里。他一定不甘心，又一定很无奈。

我一直在想，按照父亲的教育理论，他这一辈子算是有本事的呢，还是没有本事的呢？如果说没有本事，父亲是凭着初小的文化水平，靠着自己的努力，从国民政府到新中国成立，一直是担当得起这一份工作的。如果说有本事，他最后却沦落到做胶木电源开关的地步，和他原来的工作相去甚远。他是被身体打败的呢，还是由于身体的原因而被单位借此顺坡赶驴一样赶下了山？父亲从来没有和我谈论过这些，而在那个年代，我也没有能力思考这一切，反而觉得让父亲提前退休，是组织对他的格外照顾。

很久以后，也就是父亲去世之后，税务局工会派来一位老人来家里进行慰问。因为这个老人在税务局工作的年头很长，曾经和父亲一起共事，对父亲有所了解。他对我说起父亲，说父亲脾气倔，工作认死理，他去人家单位收税的时候，据理力争，虽然得罪人，但是总能把税给收上来。

父亲退休以后，开始练习气功和太极拳。他做事有定力和恒心。那时候，因为父亲提前退休，每月只能拿百分之六十的工资，42元钱，家里的生活一下子变得更加拮据，便把原来的三间住房让出一间，节省一些房租，家里就剩下两间屋子。清晨，是父亲练太极拳的时候；晚上，是父亲练气功的时候，雷打不动。无论什么情况，他都能坚持，特别是晚上，不论我和弟弟在外屋复习功课或说笑打闹有多吵多乱，他都会一个人在里屋练气功，站桩一动不动。

　　父亲的举动让我很受触动，不仅是他的耐性和坚持。由于他的提前退休，家里的日子变得艰难。我本想读高中将来考大学的，在初中即将毕业的时候，把这个念头打消了，想考一所中专或师范学校，不仅可以免去学费，还能解决吃住，帮助家里减轻一点儿负担。父亲知道后，坚决不同意，说："砸锅卖铁也要供你上大学。你弟弟不爱读书也就算了，你学习成绩一直不错，绝不能因为我耽误了你！"我姐姐知道了这事后，每月寄来30元，说是补齐父亲退休前的工资，一定要我读高中，考大学。

　　我如愿考上了理想的高中……

清明忆父

读初二的那一年，我爱上了读书，特别是从同学那里借了一本《千家诗》之后，我对古诗更是着迷。那时候，我家住在前门，离大栅栏不远，大栅栏路北有一家挺大的新华书店，我常常在放学之后到那里看书。从那书架上琳琅满目的唐诗宋词里，我看中其中四本，最为心仪，总是爱不释手，多次地翻看，拿起来，又放下，恋恋不舍。

每一次翻完这四本书后，总要忍不住看书后面的定价，《李白诗选》定价是1元5分，《杜甫诗选》定价是7角5分，《陆游诗选》定价是8角，《宋词选》定价是1元3角。那时候的5元钱，是我上学在学校里一个月午饭的饭费。每一次看完书后面的定价，心里都叹气，这么多钱，和父亲要，父亲不会答应的。所以，每次翻完书，心里都对自己说，算了，不买了，到学校借吧。可是，每次到新华书店里来，总忍不住还要踮着脚尖，把这四本书从架上拿下来，总忍不住翻完书后再看看后面的定价，似乎希望这一次看到的定价会比上一次看到的便宜似的。

那时候，姐姐为了帮助父亲分担家的负担，不到18岁就去了包头，到正在新建的京包铁路线上工作，从她的工资里拿出大部分，开始每月给家里寄20元钱。那一天放学之后，母亲刚刚从邮局里取回姐姐寄来的20元钱，我清清楚楚地看见母亲把那4张5元钱的票子，放进了我家放"金银细软"的小箱子里。母亲出去之后，我立刻打开小箱子，从那4张票子里抽出一张，揣进衣兜，飞也似的跑出家门，跑到大栅栏，跑进新华书店，不由分说地，几乎是比售货员还要业务熟练地从书架上抽出那四本书，交到柜台上，然后从衣兜里掏出那张5元钱的票子，骄傲地买下了那四本书。终于，李白、杜甫和陆游，还有宋代那么多有名的词人，都属于我了，可以天天陪伴我一起吟风弄月、说山论河了。

黄昏时，看见刚下班的父亲一脸铁青地向我走来，然后把我领回家。回到家，把我摁在床板上，用鞋底子打了我屁股一顿。我没有反抗，没有哭，什么话也没有说，因为我一眼看到了床头上放着那四本书，知道父亲一定知道了小箱子里少的那张5元钱的票子是干什么去了。

挨完打后，我没有吃饭，拿着那四本书，跑回大栅栏的新华书店，好说歹说，求人家退了书。我把拿回来的钱放在父亲的面前，父亲抬头看了我一眼，什么话也没有说。

第二天晚上，父亲回来晚了，天完全黑了下来。母亲已经把饭菜盛好,放在桌子上,我们一家正等他吃饭。父亲坐在饭桌前,没有先端饭碗,而是从他的破提包里拿出了几本书,我一眼就看见,就是那四本书,《李白诗选》《杜甫诗选》《陆游诗选》和《宋词选》。父亲对我说:"爱看书是好事,我不是不让你买书,是不让你私自拿家里的钱。"

将近50年的光阴过去了,我还记得父亲讲过的这句话和讲这句话的样子。那四本书,跟随我从北京到北大荒,又从北大荒到北京,几经颠簸,几经搬家,一直都还在我的身旁。大栅栏的那家新华书店,奇迹般地也还在那里。一切都好像还和童年时一样,只是父亲已经去世38年了。

娘的四扇屏

这一次来呼和浩特的姐姐家，发现客厅的墙上多了四扇屏。姐姐说："那是咱娘绣的。"

我一看，屏中是四季内容的四面传统丝绣，一看年代就够久远了，缎面已经显旧，颜色有些暗淡。但是，丝线的质量很好，依然透着光泽，比一般的墨色和油画色还能保鲜。

春，绣的是凤凰戏牡丹。牡丹的枝叶，像被风吹动，蜿蜒伸展自如，柔若无骨；有趣的是凤凰凌空展翅，多情又有些俏皮地伸着嘴，衔着牡丹上面探出的一根枝条，像是用力要把这一株牡丹衔走，飞上天空。

夏，绣的是映日荷花。绿绿的荷叶亭亭，粉红色的荷花格外婀娜，还横刺出一枝绿莲蓬。荷花上有一只蜜蜂飞舞，水草中有一只螃蟹弄水，有意思的是，最下面的浪花全绣成了红色。

秋，绣的是菊花烹酒。没有酒，只有一大一小、一上一下的两朵金菊盛开，几瓣花骨朵点缀其间，颜色很是跳跃。一只蝴蝶在花叶间翻飞，一只七星瓢虫在花枝下如倒挂金钟。水里有一条大眼睛的游鱼，一只探出犄角的小蜗牛，充满童趣。

冬，绣的是传统的喜鹊登梅。五瓣梅花，绣成了粉红色、淡紫色和豆青色，点点未开的梅萼，红的，粉的，深浅不一，散落在疏枝之间，如小星星一样闪闪烁烁。喜鹊的长尾巴绣成紫色，翅膀黑色的羽毛下藏着几缕苹果绿，肚皮是蛋青色。几块镂空的上水石则被完全抽象化，绣成五彩斑斓的绣球模样。

四扇屏分别用丝线绣着小字："牡丹古人称花王""夏月荷花阵阵香""菊花烹酒月中香""梅萼出放人咸爱"。"出"字大概绣错了，应该是"初"字。我知道娘的文化水平不高，好多字是结婚以后父亲教她的。

姐姐说，这是前些日子她刚拿出来的，然后做了四个框，才挂在墙上的。然后，姐姐告诉我："这是娘做姑娘时绣的呢。"

姐姐从来称母亲为娘。母亲去世后，父亲从老家为我和弟弟娶回来继母，或是为了区别，我们都管继母叫妈，管生母叫娘。

我是第一次见到我娘的这四扇屏。我娘死得早，37岁就突然病故，那一年，我才5岁。此后，我没有见过娘留下的任何遗物，家里只存有娘的一张照片，那是葬礼上的遗照，它成为联系我和娘生命与情感的唯一凭证。

由于那时候年龄小，在我的脑海里，娘的印象是极其模糊的。突然见到这四扇屏，心里有些激动，禁不住贴近墙面，想仔细看。不知是这面墙热,还是四扇屏有了热度,好像一下子有了一种温暖的感觉,就贴在娘的身边。

这面墙正对着阳台的玻璃窗,四扇屏上反光很厉害,跳跃着的光点晃着我泪花闪烁的眼睛,一时光斑碰撞在一起,斑驳迷离。春夏秋冬的风景,仿佛晃动交错在一起,很多记忆蜂拥而至,随四季变化而缤纷起来。而且,本来似是而非早已经模糊的娘的影子,似乎也水落石出一般,在四扇屏上清晰地浮现出来。

从北京来呼和浩特之前,我已经在心里算过了,如果娘活着,今年整整100岁。我对姐姐说了这话之后,姐姐一愣,然后说,可不是怎么着,娘20岁生下的我,我今年都80岁了。说完,姐姐又望望墙上的四扇屏。她没有想到这么巧,将娘的这四扇屏挂上之时,正是娘的100岁。不是心里的情分,不是命运的缘分,又是什么?

亏了姐姐的心细,将这四扇屏珍藏了80年。这80年,不要说经历了抗战和内战战乱中的颠沛流离,就是"文化大革命"的"破四旧"运动,也够姐姐受的了。四扇屏是娘留下来的唯一遗物了。我忽然发现,遗物对于人尤其是亲人的价值。它不仅是留给后人的一点仅存的念想,同时也是情感传递和复活的见证。

我想起去年夏天曾经读过徐渭的一首七绝诗:箧里残花色尚明,分明世事隔前生。坐来不觉西窗暗,飞尽寒梅雪未晴。他是写给自己亡妻的,看到箧里妻子旧衣上的残花而心生感喟,和我此时的心情是那么相同。有时候,真的会觉得冥冥之中有着心灵感应,莫非去年此时,徐渭的诗就已经昭示了今天,就像他在偶然之间看到亡妻的遗物一样,我也会突然间和娘的遗物相遇,在娘100岁的时候。

只是,和姐姐相对而坐,面临的不是西窗,而是南窗;飞落的不是梅花和雪花,而是潇潇细雨。

我想,娘一定在四扇屏上看着我们。那上面有她绣的牡丹、荷花、菊花和梅花,簇拥着她,也簇拥着我们。

窗前的母亲

在家里,母亲最爱待的地方就是窗前。

自从搬进楼房,母亲就很少下楼,我们都嘱咐她,她自己也格外注意:楼层高、楼梯陡,自己老了,如果磕着碰着就会给孩子添麻烦。每天,我们在家的时候,她和我们一起忙乎着做家务,手脚不闲儿;我们一上班,孩子一上学,家里只剩下她一个人时,大部分时间,她就待在窗前。

那时,母亲的房间,一张床紧靠着窗子,那扇朝南的窗子很大,几乎占了一面墙,母亲坐在床上,靠着被子,窗前的一切就一览无余。阳光总是那样灿烂,透过窗子照得母亲全身暖洋洋的,母亲就像向日葵似的特别爱追着太阳晒,让身子有暖烘烘的感觉。有时候,不知不觉她就依在被子上睡着了。一个盹打过来,睁开眼睛,她会接着望窗外。

窗外有一条还没有完全修好的马路,马路的对面是一片工地，恐龙似的脚手架簇拥着正在盖起的楼房，遮挡了远处的视线。由于马路没有完全修好，来往的车辆不多，人也很少，窗前大部分时间是安静的，只有太阳在悄悄地移动，从窗子的这边移到另一边，然后移到窗后面，留给母亲一片阴凉。

我们回家，只要走到楼前，抬头望一下那扇窗子，就能看见母亲的身影。窗子开着的时候，母亲花白的头发会迎风摆动，窗框就像恰到好处的画框。等我们爬上楼梯，还没掏出门钥匙，门已经开了，母亲站在门口。不用说，我们从楼下看见母亲时，母亲也看见我们了。那时候，我们出门永远不怕忘记带房门钥匙，有母亲在窗前守候着，门后面总会有一张温暖的脸庞。有时我们晚上很晚才回家，楼下已经黑乎乎一片了，母亲也能看见我们。其实，母亲早就老眼昏花，不过是凭感觉而已，可她的感觉从来都十拿九稳，她总是那样及时地出现在家门的后面，替我们早早地打开门。

母亲最大的乐趣，是对我们讲她这一天在窗前看见的新闻。她会告诉我们：路上开过来的汽车比往常多了几辆；今天对面的路边卸下好多的沙子；今天咱们这边的马路边栽了小树苗；今天她的小孙子放学和同学一前一后追赶着，像一阵风似的；今天还有几只麻雀落在咱家的窗台上……都是些平淡无奇的小事，但她有枣一棍子、没枣一棒子地讲起来时津津有味。

母亲不爱看电视，总说她看不懂那玩意儿，但她看得懂窗前这一切，这一切都像是放电影似的，演着重复的和不重复的琐琐碎碎的故事，沟通着她和外界的联系，也沟通着她和我们的联系。听母亲讲述那些八竿子都打不到一起的事情，让我感到岁月的流逝、人生的沧桑就是这样在她的眼睛里闪现着。有时候，我偶尔会想，要是把母亲的这些都写下来，那才是真正的意识流呢。

母亲在这座新楼里一共住了五年。母亲去世以后，好长一段时间，我出门总是忘记带钥匙。而每一次回家走到楼下的时候，我也总是习惯地望望楼上的那扇窗，可那空荡荡的窗像是没有画幅的镜框，像是没有了牙齿的瘪嘴。这时，我才明白那五年里窗前母亲的身影对我们是多么珍贵而温馨，才明白窗前有母亲的回忆，也有我们的回忆。

当然，我更明白了：只要母亲在，家里的窗前就会有母亲的身影。那是每个家庭里无声却最动人的一幅画。

母亲与莫扎特

这似乎是一个不伦不类的题目,母亲目不识丁,根本没有想过这个世界上曾有过一位莫扎特。

是冥冥中的命运,把母亲和莫扎特连在一起。

那一年的夏天最难熬,我常去两个地方消遣:一是月坛邮票市场,一是灯市口唱片公司。抱着邮票回家,邮票不会说话,任你摆弄,母亲只是悄悄坐在床头看我,看困了,便倒下睡着了,微微打着鼾。唱片不是邮票,买回来是要听的,而且,常觉得音量太小难听出效果,便把音量放大,震得满屋摇摇晃晃;又常在夜深人静时听,觉得那时才有韵味,才能把心融化……母亲常无法休息。我几次对老人说:"吵您睡觉吧?"她总是摆摆手:"不碍的,听你的!"我问她:"好听吗?"她点着头:"好听!"其实,我知道,一切都是为了我。她总是默默地坐在床头,陪我听到很晚。母亲并不关心那个大黑匣中的贝多芬、马勒或曼托瓦尼，母亲只关心一个人，那便是我。

八月的一天黄昏，我又来到了灯市口，偶然间看到一盘莫扎特的《安魂曲》。我拿了起来，犹豫了一下，买还是不买？这是莫扎特最后一部未完成曲，拥有它是值得的，但是，我实在不大喜欢莫扎特。我一直觉得他缺少柴可夫斯基的忧郁、勃拉姆斯的挚情，更缺少贝多芬的深刻。我知道这是我的偏执，但在音乐面前喜欢与不喜欢，来不得半点虚假。

这一天黄昏，我空手而归，母亲还好好的，正坐在厨房里帮我择新买的小白菜和嫩葱。我问她："今晚您想吃点什么？"她像以往一样说："你想吃什么就做什么吧！"几十年，她就是这样辛苦操劳，却从不为自己提一点点要求。我炒菜，她像以往一样站在我旁边帮我打下手。晚饭后我听音乐，她像以往一样坐在床头默默陪我一起听，一直听到很晚、很晚……谁会想到，第二天老人家竟会溘然长逝呢！母亲依然如平日一样默默坐在床头，突然头一歪倒在床上，无疾而终，突然得让我的心一时无法承受。

丧事过后，我想起那盘《安魂曲》。莫非莫扎特在启迪我，母亲即将告别这个世界，灵魂需要安慰？而我却疏忽了，只咀嚼个人的滋味。我很后悔没有买。如果买下让母亲临别最后一夜听听也好啊！我甚至想，如果买下也许能保佑母亲不会那样突然而去呢！

我直感到对不住莫扎特，我直感到对不住母亲。

不要执意追求什么深刻,平凡、美好,本身不就是一种深刻吗?母亲太过平凡,但给予孩子最后一刻的爱,难道不也是一种深刻吗?我看到梅纽因写过的一段话,说莫扎特的音乐"像一座火山斜坡上的葡萄园,外面幽美宁静,里面却是火热的!"我没有理解莫扎特,也没有理解母亲。

我鬼使神差又跑到灯市口,可惜,那张唱片没有了。

荞麦皮枕头

我家枕的一直是荞麦皮做的枕头,已经很有些年头了。那还是父母在世的时候就开始用的。我从来没有见过田地里种的荞麦,据说它开着浅粉红色的小花,很好看。我见到母亲缝进枕头套里的荞麦皮却是黑乎乎的,一点也想象不出它曾经有过的花样年华。

不过,荞麦皮枕头软硬适度,冬暖夏凉,而且枕在上面不会"落枕"。母亲夸它的时候,还会特别加上一条,说枕着它睡觉不会做噩梦。我就是这样一直枕着它长大,枕到结婚。结婚那年,做了新被子新褥子,总不能再枕旧枕头了吧?我买了一对棉枕头,却是谁枕都不舒服,索性放在一边,还是枕原来的荞麦皮枕头。就这样枕着,一天几乎有一半的时间和它相亲相近。

儿子落生的时候,母亲把家里的荞麦皮枕头都拆了,把里面的荞麦皮都倒在洗衣盆里,彻底清洗晾干,再装进枕头套之后,特意留出了一部分荞麦皮,给儿子做了一个枕头。那枕头不大,是用一块小碎花布做的枕套,袖珍玩具似的,伴随着儿子整个的童年。那时候,儿子和母亲睡在一张床上,一大一小的两个枕头,并排在一起,就像过家家的游戏似的,让人感到亲切。

儿子10岁那年,我的母亲去世了。儿子便枕着母亲的枕头。母亲便似乎没有离开他,还睡在他的身边。从小,母亲都是儿子的保护神和护身符。有时候,我的脾气急躁,常常因为儿子出现一点过错而和孩子吼,吓得孩子躲在母亲的身后。这时候,母亲常常会责怪我:孩子才多大呀?你小时候我看还不如他听话呢!枕在这个枕头上,和枕在母亲的腿上,儿子常常会睡得格外的安稳和甜蜜。

考入大学,要住校,虽然,学校里发了全部的被褥和枕头,儿子还是带去了这个枕头,枕别的枕头,他睡不好觉。这个枕头一直陪伴他,从小学四年级到高中毕业,又和他一起走进大学。四年大学毕业,那个夏天,儿子带回家一箱子书,一堆脏衣服,被子和褥子都扔在了学校,却没有忘记把这个枕头带回家。这个枕头蜷缩在他的背包里,油渍麻花的,像一根油条。

不到两个月后,儿子要到美国读研,我给他买了一个12孔棉的枕头,儿子却对这新枕头不屑一顾,坚持带他那个沉甸甸的荞麦皮枕头。他说他睡别的枕头就是怎么也睡不着。没有办法,他妈妈只好把他那个脏油条似的枕头里的荞麦皮倒出来,重新洗净晾干,装进帮他缝的新枕套里。他站在他妈妈的身边,看他妈妈忙乎，让我想起我小时候，看着母亲从枕套里倒出荞麦皮，用清水洗净晾干，再缝进枕头套里面的情景。人生就是这样轮回着，一代人逝去，一代人老去，一代人长大。

虽然那个枕头占据了他箱子里一个很大的空间，他心里却很踏实地带着它离开了家，乘上飞机，飞到了遥远的异国他乡。

后来，过了很长的一段时间，儿子才告诉我们：到达美国他的学校时已经是深夜，那一夜，枕在这个荞麦皮枕头上，翻来覆去，怎么也睡不着。一下子，天远地远，只有它，让他感到家还在自己的身边。

母亲的学问

24年前,我从北大荒插队回到城里,挨过了一段待业的日子,终于找到了一份工作:在一所中学里当老师。每月42.5元的工资,这是我拿到的第一份工资,以后每月都把工资如数交给母亲。我和母亲两人就要靠这每月42.5元的工资过日子。

那时候,我的一个同学在旧书店里看见一套十卷本的《鲁迅全集》,20元钱。他知道我喜欢书,肯定想要这一套《鲁迅全集》,怕别人买走,便替我买了下来。20元钱买一套《鲁迅全集》确实不贵,但以当时我家的生活水平来看,20元将近占了我一个月工资的一半。刚刚把工资交给了母亲,我怎么好意思再要回将近一半的钱来买书呢?

我有些犹豫,心里却惦记着这套《鲁迅全集》。大概像所有孩子的心事都瞒不过母亲一样,母亲看出了我的心事。她从装钱的小箱子里拿出了20元钱递给我,让我去买书。她说:"你放心,我这儿有过日子的钱,你不用操心!"

后来,我知道那是母亲从每月那可怜巴巴的42.5元的工资里一点点节省下来的。母亲把42.5元的工资经营得井井有条,沙场秋点兵一样,让每分钱都恰到好处地派上用场,让这个已经破败得千疮百孔的家,重新扬起了有些生气的风帆。

那时,水果才几毛钱一斤,但母亲从来不买,她只买几分钱一斤的处理水果。在我还没有到家的时候,母亲把水果上那些烂掉的、坏掉的部分用刀子剜掉,用水洗得干干净净,摆在盘子里等我回来一起吃。

有一次,母亲洗好、剜好了这样一盘新买来的小沙果,恰巧,我的几个学生找到我家来看我,我赶紧把这些小沙果拿进了里屋,我有些不好意思让学生看见我生活的寒酸。偏偏母亲没觉得这样有什么不好,她从里屋把沙果又端了出来,招待学生们吃。我觉得很伤自尊,心里很别扭。

等学生走后,我向母亲发脾气,赌气不吃那盘烂沙果。母亲听着,没说什么,只是默默地吃着那盘烂沙果。

事后,我有些后悔冲母亲发脾气。虽然亲身经历着生活的艰难,但我并不真正懂得生活,我不懂得生活其实是一天接一天的日子,不管每一天是苦是乐,是希望着还是失望着,是有人关心还是被人遗忘⋯⋯都是要去过的,而每一天最起码的要求就是节省。节省和节约不一样,节约,是自己还有一些东西,只不过不要大手大脚一下子用完花光;节省不是这样,节省是东西本来就这么些，要在短缺局促的方寸之间做道场。节约，像是衣柜里有许多服装，只是不要只穿那些漂亮的光鲜的衣服，要拣些朴素的穿；节省，却是根本没有那么些衣服，甚至没有衣柜，必须将破旧的衣服补上补丁来穿。

节约是自我约束的一种品质，节省却是一门从艰辛生活中学来的学问，在平常的日子里尤其是在富裕的日子里是不会学到的。

那确实是母亲的一门学问。

生命不仅属于自己

母亲已经去世十几年了，怪得很，还是在梦中常常见到，而且是那样清晰。一个人与一个人的生命是这样系在一起，并不因为生命的结束而终止。

记得那一年母亲终于大病初愈，那时，我刚刚大学毕业。一直躺在病床上，母亲消瘦了许多，体力明显不支，但总算可以不再吃药了，我和母亲都舒了一口气。记不得从哪一天的清早开始，我忽然被外屋的动静弄醒，有些害怕。因为母亲以前得的是幻听式精神分裂症，常常在半夜和清晨突然醒来跳下床，我真是怕她旧病复发。我悄悄地爬起来往外看，只见母亲穿好了衣服，站在地上甩胳膊伸腿弯腰的，有规律地反复地动作着，显然是她自己编出来的早操。我的心里一下子静了下来，母亲知道练身体了，这是好事，再老的人对生命也有着本能的向往。

大概母亲后来发现每早的锻炼吵醒了我的懒觉，便到外面的院子里去练她自己杜撰的那一套早操,她的胳膊腿比以前有劲儿多了,饭量也好多了。正是冬天,清晨的天气很冷,我对母亲说:"妈,您就在屋子里练吧,不碍事的,我睡觉死。"母亲却说:"外面的空气好。"也许到这时我也没能明白母亲坚持每早的锻炼为了什么。后来有一次我开玩笑说她:"妈,你可真行,这么冷,天天都能坚持!"她说:"咳,练练吧,我身子骨硬朗点儿,省得以后给你们添累赘。"这话说得我的心头一沉,我才知母亲所做的一切是为了孩子,她把生命的意义看得这样的直接和明了。在以后的很多日子里,我常常想起母亲的这话和她每天清早锻炼身体的情景,便常让我感动不已。一直到母亲去世的那一天,她都没给孩子添一点儿累赘。母亲是无疾而终,临终的那一天,她都将自己的衣服包括袜子和手绢洗得干干净净,整齐地叠放在柜子里。

也许,只有母亲才会这样对待生命。她将生命不仅仅看成自己的,而是关系着每一个孩子,将她的爱通过生命的方式传递。其实,我们每一个人的生命都是这样的,都不仅仅属于自己,都会天然地联系着他人,尤其是自己的亲人。只是有时我们不那么想或想得不周,总以为生命属于自己,自己痛苦就痛苦罢了,而不那么善待甚至珍惜,不知道这样是会连及亲人的,他们现在会为我们日夜担心,日后会为我们辛苦操劳。这样的人不止一个,我的弟弟就是其一。他饮酒成性,喝得胃出血,一边吃药一边照样攥着酒瓶不放。大家常常劝他,他却死猪不怕开水烫。不止一个人说他："你得注意点儿身体，要不会喝出病来的，弄不好连命都得搭进去。"他却说一句："无所谓。"照样饮酒为乐，以酒为荣，根本没考虑到他的妻子他的孩子包括我在内的亲人。他连起码想想如果有一天真的喝出病来不可收拾的时候会给亲人带来多少痛苦都没有。

每次看到他这样子，我便想起母亲，我也曾将母亲当时锻炼的情景告诉给他，但他似乎无动于衷。想想，他没有亲身感受到那情景，母亲每天清晨锻炼身体而想着包括我和他在内的孩子的时候，他喝酒喝得正痛快淋漓着呢。或许，这就是孩子和母亲的区别。只有孩子才始终是母亲的连心肉，孩子脱离母体之后总以为是飞跑了的蒲公英，可以随处飘落却找不到根系。

我们常说一个人和一个人感情是可以相通的，其实，一个人和一个人的生命更是可以相连的。

第二辑

那片绿绿的爬山虎

童年和少年,
是永远回忆不完的,
像是永远挖不平的大山。

童年的小花狗

小时候,我们家外边的街上,摆着一个小摊,卖些画片、风车、泥玩具之类的东西,这些东西既便宜又受我们小孩子欢迎。

小摊的主人就是王大爷,就住在我家大院里。他人很随和,逢人就笑。那时候,小街上人们都不富裕,王大爷赚的钱自然就不多,只能勉强生活。

王大爷的手艺好,能做各种各样的泥玩具,涂上不同的颜色,非常好看。

那年春节前,我看中了他小摊上新做成的一只小花狗。黑白相间的小狗,脖子上系一条绸子,绸子上挂着个小铃铛,风一吹,铃铛不住地响,小花狗就像活了一样。

我太喜欢那只小花狗了。每次路过小摊都反复地看,好像它也在看我。那一阵子,我满脑子都是这只小花狗,只可惜没有钱买。

春节一天天近了，小花狗不知会和哪个幸运的孩子一起过节，我很难过，好像小花狗是我的，会被别人抢去一样，在这样的心理下我干了一件蠢事。

那一天，天快黑了，小摊前有不少人，我趁着天暗，把小花狗偷走了。我的心在不停地跳。

这个事很快被爸爸发现了。他让我抱着小花狗给王大爷送回去。跟在爸爸的后面，我很怕，头都不敢抬起来。

王大爷爱怜地看着我，坚持要把小花狗送给我。爸爸坚决不答应，说这样会惯坏了孩子。最后，王大爷只好收回小花狗，还嘱咐爸爸："千万别打孩子，过年打孩子，孩子一年都会不高兴的！"

过了一年，王大爷要到其他的地方去。最后一天收摊的时候，我站在一边，默默地看着他。他看看我，什么话也没说，收摊回家了。那一天小街上显得冷冷清清的。

第二天，王大爷走时，我没能看到他。我放学回家的时候看到桌上有只小花狗，我的眼泪一下子涌了出来。

30多年过去了，我再也没有看到王大爷，但是那只小花狗一直待在我身边。

阳光的两种用法

童年住在大院里的都是一些引车卖浆之流,生活不大富裕,日子各有各的过法。

冬天,屋子里冷,特别是晚上睡觉的时候,被窝里冰凉如铁,那时家里连个暖水袋都没有。母亲有主意,中午的时候,她把被子抱到院子里,晾到太阳底下。其实,这样的法子很古老,几乎各家都会这样做。有意思的是,母亲把被子从绳子上取下来,抱回屋里,赶紧就把被子叠好,铺成被窝状,留着晚上睡觉我钻进去时,就是暖乎乎的了。母亲对我说:"我这是把老阳儿叠起来了。"母亲一直用老家话,把太阳叫老阳儿。

从母亲那里,我总能够听到好多新词。把老阳儿叠起来,让我觉得新鲜。太阳也可以如卷尺或纸或布一样,能够折叠自如吗?在母亲那里,可以。阳光能够从中午最热烈的时候,一直储存到晚上我钻进被窝里,温暖的气息和味道,让我感觉到阳光的另一种形态，如同母亲大手的抚摸，比暖水袋温馨许多。

街坊毕大妈，家门口有一口半人多高的大缸。夏天到来的时候，每天中午，她都会接满一缸自来水，骄阳似火，毒辣辣地照到下午，晒得缸里的水都有些烫手了。水能够溶解糖，溶解盐，水还能够溶解阳光，大概是我童年时候最大的发现了。

毕大妈的孩子多。黄昏，她家的孩子放学了，毕大妈把孩子们都叫过来，一个个排队洗澡，毕大妈用盆舀的就是缸里的水，正温乎，孩子们连玩带洗，噼里啪啦的，溅起一盆的水花。那时候，各家都没有现在普及的热水器，洗澡一般都是用火烧热水，像毕大妈这样热水洗澡，在我们大院是独一份。母亲对我说："看人家毕大妈，把老阳儿煮在水里面了！"

我得佩服母亲用词儿的准确和生动，一个"煮"字，让太阳成了我们居家过日子必备的一种物件，柴米油盐酱醋茶，这开门七件事之后，还得加上一件，即母亲说的老阳儿。

真的，谁家都离不开柴米油盐酱醋茶，但是谁家又离得开老阳儿呢？虽说如同清风朗月不用一文钱一样，老阳儿也不用花一文钱，对所有人都大方而且一视同仁，而柴米油盐酱醋茶却样样都得花钱买才行。但是，如母亲和毕大妈这样如此用阳光的，也不多。这需要一点智慧和温暖的心，更需要在艰苦日子里磨炼出的一点儿本事。这叫作少花钱能办事，不花钱也能办事，阳光也就成为居家过日子的一把好手，陪伴着母亲和毕大妈一起，让那些庸常而艰辛的琐碎日子变得有滋有味。

那片绿绿的爬山虎

1963年，我上初三，写了一篇作文叫《一张画像》，经我的语文老师推荐，在北京市少年儿童征文比赛中获了奖。

一天，语文老师拿着一个厚厚的大本子对我说："你的作文要印成书了，你知道是谁替你修改的吗？"我睁大了眼睛，有些莫名其妙。"是叶圣陶先生！"老师将那大本子递给我，又说："你看看叶老先生修改得多么仔细，你可以从中学到不少东西。"

我打开本子一看，里面有这次征文比赛获奖的20篇作文。翻到我的那篇作文，我一下子愣住了：映入眼帘的是红色的修改符号和改动后增添的小字，密密麻麻，几页纸上到处是红色的圈、钩或直线、曲线。

回到家，我仔细看了几遍叶老先生对我作文的修改。题目《一张画像》改成《一幅画像》，我立刻感到用字的准确性。类似这样的修改很多，长句断成短句的地方也不少。有一处，我记得十分清楚："怎么你把包几何课本的书皮去掉了呢？"叶老先生改成："怎么你把几何课本的包书纸去掉了呢？"删掉原句中"包"这个动词，使得句子干净了也规范了。而且"书皮"改成"包书纸"更确切，因为书皮可以认为是书的封面。我虽然未见叶老先生的面，却从他的批改中感受到他的认真、平和以及温暖，如春风拂面。

叶老先生在我的作文后面写了一则简短的评语："这一篇作文写的全是具体事实，从具体事实中透露出对王老师的敬爱。肖复兴同学如果没有在这几件有关画画的事上深受感动，就不能写得这样亲切自然。"这则短短的评语，树立了我写作的信心。

这一年暑假，语文老师找到我，说："叶圣陶先生要请你到他家做客。"我感到意外：像叶圣陶先生那样的大作家，居然要见一个初中生！

那天下午，天气很好。我来到叶老先生住的四合院。刚进里院，一墙绿葱葱的爬山虎扑入眼帘。夏日的燥热仿佛一下子减少了许多，阳光都变成绿色的，像温柔的小精灵一样在上面跳跃着，闪烁着迷离的光点。

叶老先生见了我，像会见大人一样同我握了握手，一下子让我觉得距离缩短不少。

我们的交谈很融洽，仿佛我不是小孩，而是大人，一个他的老朋友。他亲切之中蕴含的认真，质朴之中包含的期待，把我小小的心融化了,以致不知黄昏的到来。落日的余晖染红窗棂,院里那一墙的爬山虎,绿得沉郁,如同一片浓浓的湖水,映在客厅的玻璃窗上,不停地摇曳着,显得虎虎有生气。

我非常庆幸,自己第一次见到作家,竟是这样一位人品与作品都堪称楷模的大作家。他跟我的谈话,让我好像知道了或者模模糊糊懂得了:作家就是这样做的,作家的作品就是这么写的。

我15岁时的那个夏天意义非凡。在我的眼前,那片爬山虎总是那么绿着。

表叔与阿婆

北京前门一带多会馆，均是清朝末年为各地进京赶考的秀才修建。事过经年，几番历史风雨剥蚀，当年书韵墨香早已荡然无存，如今各类小房如雨后春笋，成为名副其实的大杂院。

粤东会馆便是其中一座，表叔便是这座大院里的一家。为什么唤他表叔，谁也道不出子丑寅卯。几十年来，大院无论男女老少都这样唤他。这称谓透着亲切，也杂糅着难以言说的人生况味。

表叔以洁癖闻名全院。下班回家，两件大事：一是擦车，二是擦身。无论冬夏雨雪，雷打不动。他擦车与众不同，要把他那辆自行车调个过儿，车把冲地，两只车轮朝上，活像对付一个双腿朝天不住踢腾的调皮孩子。他便像给孩子洗澡一样认真而仔细，湿布、棉纱、毛巾，轮番招呼，直擦得那车锃亮，方才罢手，然后擦身。赤着脊梁，湿毛巾、干毛巾，一通上下左右、斜刺横弋地擦，直擦得身上泛红发热，然后心满意足将一盆水倒出屋，从擦车到擦身一系列动作才算完成，绝对是浑然一体，一气呵成，成为大院久演不衰的保留节目。

年近五十的表叔至今独身未娶。这很让全院人为他鸣不平。他人缘极好，是一家无线电厂的工程师，院里街坊谁家收音机、电视机出了毛病，都是他出马，手到擒来，不费吹灰之力。偏偏人好命不济，从年轻时就开始走马灯一样介绍对象，天上瓢泼大雨竟然未有一滴雨点儿落在他的头顶。究其原委，表叔有个缺陷：说话"大舌头"，那说话声儿有些含混。姑娘一听这声音，便皱起眉头，觉得这太刺激耳朵，更妨碍交流。

表叔还有个包袱，实际是他对象始终未成的最大障碍，便是阿婆。院里的人都管表叔的妈妈叫阿婆。自打表叔一家搬进大院，阿婆便是瘫在床上的，吃喝拉撒睡，均无法自理。有的姑娘容忍了表叔的舌头，一见阿婆立刻退避三舍，甚至说点不凉不酸或绝情的话。

久经沧海，表叔心静自然凉，觉得天上星星虽多，却没一颗是为自己亮的，而自己要永远像一轮太阳，照耀在母亲身旁。他能够理解并原谅姑娘拒绝自己的爱，包括对自己舌头的鄙夷，却绝不理解更难原谅她们对自己母亲的亵渎。虽然，老人是瘫在床上，但她这辈子全为了儿子呀！羊羔尚知跪乳以谢母恩，更何况人呢！

院里街坊都庆幸阿婆有福，虽没得到梦寐以求的儿媳妇，但毕竟有这么孝顺的儿子。阿婆总觉得自己拖累了儿子，常念叨："都是我这么一个瘫老太婆呀，害得你讨不到媳妇！"表叔总这样劝阿婆："我就是没有媳妇也不能没有您。您想想，没有您能有我吗？"表叔粗粗的声音混沌得很，在阿婆听来却是天籁之音。

阿婆故去时，表叔已经五十多了。他照样没有找到对象，照样每天雷打不动地擦车、擦身，只是那车再如何精心保养也已见旧，表叔赤裸的脊梁更见薄见瘦。好心的街坊觉得这么好的表叔，说什么也得帮他找个对象。表叔并不抱奢望，觉得那爱情不过是小说和电视里的事，离他越来越遥远，只能说说、听听而已。但是，好心的街坊锲而不舍，几年努力，街坊们终于没白辛苦，终于有一位四十余岁的女人看中了表叔。

表叔却坚决拒绝。起初谁也猜不透，只觉得一定是女人伤透了表叔的心。一直到去年，表叔突然魂归九泉，人们才明白：表叔那时已知自己身患不治之症。

表叔死后留下许多东西，其中最醒目的是那辆自行车，干干净净，锃光瓦亮。

独草莓

　　姐姐家在呼和浩特,她住一楼,房前有块空地,种着一株香椿树、一株杏树和一株苹果树。退休之后,姐姐把这块空地开辟成了菜园。翻土,播种,浇水,施肥……每天乐此不疲。姐姐一辈子在铁路局工作,年年的劳动模范,局里新盖了高层楼,分她新房,面积多出三十多平方米。她不去,舍不得她的这片菜园。孩子们都说她,如今,一平方米房子值多少钱?你那破菜园能值几个钱?却谁也拗不过她,只好随了她。

　　我已经好多年没有见到姐姐了。今年,是姐姐的八十大寿,说什么也要来看看姐姐。想想六十三年前,1952年,姐姐十七岁,就只身一人来到内蒙古,修新建的京包线铁路。那时候,我才五岁,弟弟两岁,母亲突然逝去,姐姐是为了帮助父亲扛起家庭的担子,才选择来到了塞外。姐姐每月往家里寄三十元,一直寄到我二十一岁到北大荒插队。那时候,姐姐每月的工资才几十元呀。姐姐说起当年她要来内蒙古前离开家时,我和弟弟舍不得她走,抱着她的大腿哭的情景,仿佛岁月没有流逝,一切都恍如目前。

来到姐姐家,先看姐姐的菜园。菜园不大,却是她的天堂,那里种着她的宝贝。特别是姐夫前几年病逝之后,那里更是她打发时光消除寂寞的好场所。菜园被姐姐收拾得井井有条。丝瓜扁豆满架,倭瓜满地爬,小葱棵棵似剑,韭菜根根如阵,西红柿、黄瓜和青椒,在架子上红的红,青的青,弯的弯,尖的尖……忍不住想起中学里学过吴伯箫的课文《菜园小记》里说的,真的是姹紫嫣红。这么多的菜,吃不完,送给邻居,成了姐姐最开心的事情。

菜园旁,立着一个大水缸,每天洗米洗菜的水,姐姐从厨房里一桶一桶拎出来,穿过客厅和阳台,走进菜园,把水倒进水缸,备用浇菜。节省一辈子的姐姐,常被孩子们嘲笑,而且,劝她说现在菜好买,什么菜都有,就别整天忙乎这个了,好好养老不好吗?姐姐会说,劳动一辈子了,不干点儿活儿难受。想想,在风沙弥漫的京包铁路线上餐风饮露,这是她念了一辈子的经文,笃信难舍。再想想,人老了,其实不是享清闲,而是怕闲着,能有点儿事干,而且,这事干着又是快乐的,便是养老的最好境界了。姐姐种的那些菜,便有她自己的心情浸透,有她往事的回忆,是孩子都上班上学去之后孤独时的伙伴,她可以一边侍弄着它们,一边和它们说说话。

夸她的菜园,就像夸她的孩子一样让她高兴。我对她的菜园赞不绝口。姐姐指着菜园前面绿葱葱的植物,我没认出是什么。她对我说:"这里原来种的是生菜和小水萝卜,今年闹虫子,我把它们都给拔了,改种了草莓。不知怎么闹的,也可能是我不会种这玩意儿,你看,一春天都过去了,只结了一个草莓。"

我跟着她走过去,伏下身子仔细看,才看见偌大的草莓丛中,果然只有一颗草莓,个头儿不大,颜色却很红,小小的像红宝石一样,孤独地藏在叶子下面,好像害羞似的怕人看见。

"孩子们看着它好玩,都想摘了吃,我没让摘。"姐姐说。我问她,干吗不摘,时间久,回头再烂了,多可惜。姐姐笑着说:"我心里盼望着有这么一个伴儿在这儿等着,兴许还能再结几个草莓!"

相见时难别亦难,和姐姐分别的日子到了,离开呼和浩特回北京的前一天晚上,姐姐蒸的米饭,我炒的香椿鸡蛋,做的西红柿汤,菜都来自姐姐的菜园。晚饭后,姐姐出屋去了一趟菜园,然后又去了一趟厨房,背着手,笑眯眯地走到我的面前,像变戏法一样,还没等我猜,就伸出手张开来让我看,原来是那颗草莓。"你尝尝,看味儿怎么样?"姐姐对我说。

我接过草莓,小小的,鲜红鲜红的,还沾着刚刚冲洗过的水珠儿,真不忍心下嘴吃。姐姐催促着:"快尝尝!"我尝了一口,真甜,更难得的是,有一股在市场买的和采摘园里摘的少有的草莓味儿。这是一种久违的味儿。

中秋团圆

老北京人管中秋节叫八月节。这是因为一进入八月，中秋节浓浓的气氛就忍不住开始弥漫开来了。首先，过节的气氛像一股股的溪水，从大街小巷的街肆店铺里流淌出来。这个季节里，瓜果桃李正热热闹闹地上市，中秋节，各家都要拜月祭祀，少不了供奉的果品。于是，卖各式水果的摊子，一般都会拥挤上街头，花团锦簇，向人们争献媚眼。我小时候，前门大街之东，鲜鱼口之南，有条叫果子市的小胡同，这季节，一个个卖水果的摊位，像蒜瓣一样挤在一起，人头攒动，熙熙攘攘，夜晚要张灯结彩，热闹得像提前过节，是老北京中秋节重要一景，四九城里，很多人是要去那里光顾的。

清末《春明采风志》说："中秋临节，街市遍设果摊，鸭梨、沙果梨、白梨、水梨、苹果、林檎、沙果、槟子、秋果、海棠、欧李、青柿、鲜枣、葡萄、晚桃、桃奴。又带枝毛豆、果藕、红黄鸡冠花、西瓜。"这里后面所说的四项，头一项毛豆，是因为月宫里的玉兔爱吃，是绝对不能少的；其余三项也都是拜月时的必备之品，藕的白，鸡冠花的红与黄，西瓜的红和绿，色彩足够鲜艳，估计嫦娥看见会喜欢。其中西瓜必要切成莲花瓣，嫦娥便如寺庙里供奉的仙佛，端坐在莲花宝座之上了。

中秋节，人们拜月，按理说嫦娥是主角，但是，在民间，玉兔却抢了嫦娥的风头，人们尊称它为长耳定光仙，把它和嫦娥、吴刚仙人一样等同看待。这是一个非常有意思的现象，一直传承至今。我一直有些迷惑不解，心想或许是民间的一种追求平等的心理趋向吧，才会让玉兔和嫦娥、吴刚平起平坐；也是玉兔可以捣药，能够治病，保佑安康吧，民谚说：没灾没病就是福，这是普通百姓心底最大的愿望呢。

我小时候，中秋节前，人们要买纸，在上面画玉兔，而不是画嫦娥，这种纸在南纸店里专门有卖，叫作月光纸，一个非常好听的名字。在月光纸上画定光仙，是我们小孩子爱做的事情，可以夸张地把兔子的耳朵画得格外长。在前门大街大栅栏东口路南，有家公兴纸店，我们一帮小孩子跑去那里买月光纸，好把玉兔请回家。

民间不叫玉兔，更不叫长耳定光仙，都管它叫兔儿爷。中秋节前，能够和鳞次栉比的水果摊有一拼的，就是卖兔儿爷的大小摊子。兔子长耳朵，三瓣嘴，本来就十分可爱，这种用泥捏成的兔儿爷完全拟人化了，就更加让人感到亲近。后来，过中秋节即使不再有拜月的古老仪式，但各家一般还是要买个兔儿爷带回家，让兔儿爷和全家人同乐，其中古老的敬拜定光仙的祭祀感、仪式感，已经完全世俗化，兔儿爷参与了中秋节民俗传统的衍化和传承。

兔儿爷，虽都是泥捏而成，但花样繁多，贵贱不一。《清稗类钞》里说："兔面人身，面贴金泥，身施彩绘，巨者高三四尺，值近万钱。"《京都风俗志》里说："有顶盔束甲如将军者，有短衫担物如小贩者，有坐立起舞如饮酒燕乐者……名目形相，指不胜数。"前者，卖给的是王府贵族人家；后者，堆挤成小山，很便宜，谁都能买一个带回家。这里说的"燕"同"宴"，也就是说兔儿爷和你一起家宴喝酒庆祝中秋节，完全和你融合一起，并非如嫦娥一样端坐在缥缈的月宫之上。

作为商品，兔儿爷满足不同人群的需求；作为艺术品，兔儿爷可以见得京城民间艺人丰富的想象力和创造力。不说别的，光看兔儿爷的坐骑，禽兽兼备，翻江倒海，完全进入神话境界；再看兔儿爷的造型，可以是顽童老者，可以是下里巴人，也可以是京戏里扎靠插旗的任何一位将军，簇拥一起，活脱脱能上演一出精彩大戏。

据说，最早出现的兔儿爷如牵线木偶，双臂用线牵连，可以上下活动，不停做捣药状，憨态可掬。如今的北京，也有卖兔儿爷的，但这种兔儿爷是见不到了，很多造型奇特而色彩纷呈的兔儿爷，都见不到了。清末有这样的竹枝词唱道："瞥眼忽惊佳节近,满街争摆兔儿山。"如此满眼满街皆是卖兔儿爷的大小摊子的盛景,更是见不到了。

中国讲究不时不食,中秋节的时令食物是月饼。谁家过中秋节不会买几块月饼尝尝呢?老北京卖月饼的点心铺,南味店少,我小时候,那种双黄莲蓉的广式月饼很难见到,卖得最多的是自来红、自来白、提浆和翻毛这四种月饼。它们的区别主要在皮上。提浆和翻毛的皮一硬一软,自来红和自来白的皮,一用香油和面,一用猪油和面,老北京人自会吃得明白,口味被这四种月饼征服。以前有诗专门唱道:"红白翻毛制造精,中秋送礼遍都城。"我小时候,家住前门,前门大街上有正明斋和祥聚公两家老点心铺,最爱吃的是翻毛月饼,家里派我去买月饼时,我常会多买几块翻毛,那翻毛必得托在手心上吃,真正的皮薄如纸,细细层层,翻毛如雪,吃的时候嘴里呼出的气,都能把那一层层皮吹得四下翻飞。

在前门大街,最吸引我们小孩子的是通三益老店,它是一家干果店,但到了中秋节,不能落下最卖钱的月饼。吸引我们的是,刚进8月,它就在店里的中心位置上,摆出一个大如车轮的巨大月饼,四周用菊花和鸡冠花围着。是那种提浆月饼,皮上刻印着嫦娥奔月的图案。据说,这个巨大无比的月饼一直摆到中秋节过后,店家就把这块大月饼切成一小块一小块,免费让客人品尝。可惜,我一次也没有赶上过这样的好机会。

过去,在老北京,中秋节前后,戏园子要上演和中秋节相关的剧目，这是老北京的传统，不仅中秋节如此，任何一个节日，都要有相关的剧目相匹配，成为节日必备的硬件之一，和中秋节的月饼一样，不可或缺。清升平署中秋节最早的剧目是《丹桂飘香》《霓裳起舞》，是专门给皇上太后看的。四大徽班进京，京戏普及之后，戏园子在胡同里建得多了起来，特别是1915年，梅兰芳上演了新戏《嫦娥奔月》之后，再过中秋节戏园子上演的戏，必是《嫦娥奔月》了。在这出载歌载舞的戏里，少不了兔儿爷，扮演兔儿爷和兔奶奶的李敬山和曹二庚，是当时名噪一时的名丑。

如果按照进入8月准备中秋节而有声有色次第出场的水果、兔儿爷、月饼和京戏，我会想，这四位中谁是中秋节的主角呢？各式各样众多的水果，肯定是跑龙套的配角。月饼？显然不是，得让位给兔儿爷。兔儿爷和梅兰芳的《嫦娥奔月》一比，又得让位给了嫦娥。但是，如果要给中秋节挑选形象代言人，在老北京，恐怕还得数兔儿爷呢。

中国传统节日里，如果排座次，春节是冠军的位置，中秋节一准儿是亚军。两个节日的含义不尽相同，一个是迎接春天的来临，一个庆贺秋天的丰收。但是，两个节日的意义又非常一致，那便是团圆。这便是中秋节不同凡响的意义所在。今年，这个中秋节的团圆意义，就更加彰显其意味深重。蔓延至今的全球疫情之中，对于平安团圆的祈盼，会让我们发自心底咏叹：但愿人长久，千里共婵娟。这句古老的诗词，是今年这个中秋节拉起的一道醒目明心的横幅。

消失的年声

如今,年的声音,最大保留下来的是鞭炮。随着都市雾霾天气的日益加重,人们呼吁过年减少甚至禁止燃放鞭炮,鞭炮之声,越发岌岌可危,以致最后消失,也不是不可能的事情。

其实,年的声音丰富得多,不止于鞭炮。只是岁月的流逝,时代的变迁,让年的声音无可奈何地消失了很多,以至于我们遗忘了它们而不知不觉,甚至觉得理所当然或势在必行。

有这样两种年声的消失,最让我遗憾。

一是大年夜,老北京有这样一项活动,把早早买好的干秋秸秆或芝麻秆,放到院子里,呼喊街坊四邻的孩子,跑到干秋秸秆或芝麻秆上面尽情地踩。秆子踩得越碎越好,越碎越吉利;声音踩得越响越好,越响越吉利。这项活动名曰"踩岁",要把过去一年的不如意和晦气都踩掉,不把它们带进就要到来的新的一年里。满院子吱吱作响欢快的"踩岁"的声音,是马上就要响起来的鞭炮声音的前奏。

这真的是我们祖辈一种既简便又聪明的发明,不用几个钱,不用高科技,和大地亲近,又带有浓郁的民俗风味。可惜,这样别致的"踩岁"的声音,如今已经成为绝响。随着四合院和城周边农田逐渐被高楼大厦所替代,秫秸秆或芝麻秆已经难找,即便找到了,没有了四合院,也缺少了一群小伙伴的呼应,"踩岁"简单,却成为一种奢侈。

另一种声音,消失得也怪可惜的。大年初一,讲究接神拜年,以前,这一天,卖大小金鱼儿的,会挑担推车沿街串巷到处吆喝。在刚刚开春有些乍暖还寒的天气里,这种吆喝的声音显得清冽而清爽,充满唱歌一般的韵律,在老北京的胡同里,是和各家开门揖户拜年的声音此起彼伏的,似乎合成了一支新年交响乐。一般听到这样的声音,大人小孩都会走出院子,有钱的人家,买一些珍贵的龙睛鱼,放进院子的大鱼缸里;没钱的人家,也会买一条两条小金鱼儿,养在粗瓷大碗里。统统称之为"吉庆有余",图的是和"踩岁"一样的吉利。

在话剧《龙须沟》里,即使在龙须沟那样贫穷的地方,也还是有这样卖小金鱼儿的声音回荡。如今,在农贸市场里,小金鱼儿还有得卖,但沿街吆喝卖小金鱼那唱歌一般一吟三叹的声音,只能在舞台上听到了。

年的声音,一花独放,只剩下鞭炮,多少变得有些单调。

过年,怎么可以没有年的味道和声音?仔细琢磨一下,如果说年的味道，无论是团圆饺子，还是年夜饭所散发的味道，更多来自过年的"吃"上面；年的声音，则更多体现在过年的玩的方面。再仔细琢磨一下，会体味到，其实，通过过年这样一个形式，前者体现农业时代人们对于物质的追求，后者体现人们对于精神的向往。年味儿，如果是现实主义的，年声，就是浪漫主义的。两者的结合，才是年真正的含义。不是吗？

窗前的年灯

去年的大年夜,我家后面老爷子家的那盏年灯,在他家封闭阳台的落地窗前,照往年一样,又亮了起来。

老爷子是位老北京,讲究老理儿。老爷子家这盏年灯,好几年过年的时候,都在点亮。从我家的后窗一眼就能望见,正对面老爷子家阳台窗前的这盏年灯,就这样一直亮到正月十五满街花灯绽放的时候。如今,满北京城,如老爷子这样坚持守候过年老理儿的人,不多见了。

每年过年期间,望着老爷子家这盏年灯,我都会想起自己年轻的时候,那时候母亲还在世,不管晚上我回家多晚,她老人家都会让家里的灯亮着。每次骑着自行车回家,四周房屋里的灯光都没有了,一片漆黑,老远,老远,一望见家里那盏橘黄色的灯,灯光闪亮着,跳跃着,像跳跃着一颗小小的心脏,我的心里便会充满温暖,知道母亲还没有睡,还在等着我。母亲去世之后,我晚上回家,再也看不见那橘黄色的灯光了,好长一段时间都不适应,心里都会有些伤感。对于我,灯,就是家;灯下,就是母亲。无论你回来有多晚,无论你离家有多远,灯只要在家里亮着,母亲就在家里等着。

因为老爷子和我的儿子都在美国,我们有很多共同的话题。我知道,前些年,老爷子和老伴还常常去美国,看他的儿子,帮助带带孙子。如今,孙子都上中学了,老爷子真的老了。他不止一次对我说:快80了,十几个小时的飞机坐不了喽。便盼望儿子能够带着媳妇和孙子回来过一回春节。盼了好几年,不是儿子和儿媳妇工作忙,就是孙子春节期间正上学请不了假,都没有能够回来。每年春节,老爷子家阳台的窗前,都亮着年灯。

去年老爷子家的这盏年灯,变了花样。以往,都只是一盏普通的吊灯,半圆形乳白色的灯罩,垂挂着一支暖色的节能灯。有时候,为了增添一些过年的气氛,老爷子会在灯罩上蒙上一层红纸或红纱。去年,换成了一盏长方形的八角宫灯,下面垂着金黄色的穗子,木制,纱面,上面绘着彩画,因为距离有点儿远,看不清画的是什么,但五颜六色的,显得很漂亮,过年的色彩,一下子浓了。不知道老爷子是从哪儿淘换了这么一个玩意儿。

老爷子家的这盏年灯,就这样又像往年一样,在大年夜里亮了一宿。烟花腾空,缤纷辉映在他家窗前的时候,暂时遮挡了年灯,但当烟花落下之后,年灯又亮了起来。让我觉得特别像是大海里的浪涛,一浪一浪翻滚过后,只有礁石立在那里不动。那肖然不动的样子,那执着旺盛的心气,颇有点儿像老爷子。

大年初一过去了,大年初二也过去了……老爷子的年灯,就这么一直亮着。在整个小区里,不知道还有没有什么人,会注意到有这样一盏年灯;在偌大的北京城,不知道还有没有什么人,能守着这么一份过年的老理儿,点亮这样一盏守候着亲人回家过年的年灯。

一天半夜里,我起夜,在厕所的后窗前瞥见那盏年灯,无月无星只有重重雾霾的夜色里,它比一颗星星还亮,亮得如同一个旷世久远的童话。心里不禁有些感慨,既为老爷子,也为老爷子的儿子,同时,也为自己。

大年初五的早晨,我起床后,从后窗望去,忽然发现,老爷子家阳台落地窗前的那盏年灯,没有了。这一天的天气难得格外的晴朗,太阳斜照在他家阳台的落地窗上,明晃晃地反光,直刺我眼睛。我以为眼花了,没有看清。定睛再细看,年灯真的没有了。

正有些奇怪,看见一个男人领着一个十几岁的男孩子,走进阳台,他们都穿着一身运动衣,两人做起了体操来。不用说,老爷子的儿子和孙子回家了。虽然没有赶上年夜饭,毕竟赶上了当天晚上破五的饺子。离正月十五还有10天,年还没有过完呢。

又要过年了,想起老爷子的那盏年灯。

拥你入睡

儿子上初一以后，忽然一下子长大了。换内裤，要躲在被子里换；洗澡，再也不用妈妈帮助洗，连我帮他搓搓后背都不用了。

我知道，儿子长大了，像日子一样无可奈何地长大了。原来拥有的天然的肌肤之亲和无所顾忌的亲昵，都被儿子这长大拉开了距离，变得有些羞涩了。任何事物都有一些失去，才有一些得到吧？

有一天下午，儿子复习功课，累了，躺在我的床上看电视，刚看了一会儿眼皮就打架了。他忽然翻了一个身，倚在我的怀里，让我搂着他睡上一觉，迷迷糊糊中嘱咐我一句："一小时后叫我，我还得复习呢！"

我有些受宠若惊。许久，许久，儿子没有这种亲昵的动作了。以前，就是一早睡醒了，他还要光着小屁股钻进你的被窝里，和你腻乎腻乎。现在，让你搂着他像搂着只小猫一样入睡，简直类似天方夜谭了。

莫非懵懵懂懂中，睡意蒙眬中，儿子一下子失去了现实，跌进了逝去的童年，记忆深处掀起了清新动人的一角？让他情不由己地拾蘑菇一样拾起他现在并不想拒绝的往日温馨？

儿子确实像小猫一样睡在我的怀里。均匀地呼吸，胸脯和鼻翼轻轻起伏着，像春天小河里升起又降落的暖洋洋的气泡。

我想起他小时候，妈妈上班，家又拥挤，他在一边玩，我在一边写东西，玩腻了，他要喊："爸爸，你什么时候写完呀？陪我玩玩不行吗？"我说："快啦！快啦！"却永远快不了，心和笔被拽得远远的。他等不及了，就跑过来跳在我的怀里，带有几分央求的口吻说："爸爸！我不捣乱，我就坐这儿，看你写行吗？"我怎么能说不行？已经把儿子孤零零地抛到一边，寂寞了那么长时光！我搂着他，腾出一只手接着写。

那时候，好多东西都是这样搂着儿子写出来的。他给我安详，给我亲情，给我灵感。他一点儿也不闹，一句话也不讲，就那么安安静静倚在我的怀里，像落在我身上的一只小鸟，看我写，仿佛看懂了我写的那些或哭或笑或哭笑交加的故事。其实，那时他认识不了几个字。有好几次，他倚在我的怀里睡着了，睡得那么香那么甜，我都没有发现……

以后我常常想起那段艰辛却温馨的写作日子，想起儿子倚在我怀中小鸟一样静静睡着的情景。我觉得我的那些东西里有儿子的影子、呼吸，甚至有他睡着之后做的那些灿若星光的梦。

儿子长大了。纵使我又写了很多比那时要好的故事，却再也寻不回那时的感觉、那一份梦境。因为儿子再不会像鸟儿一样蹦上你的枝头，倚在你的怀里睡着了。

如今，儿子居然缩小了一圈，岁月居然回溯几年。他倚在我的怀里睡得那么香甜、恬静。我的胳膊被他枕麻了，我不敢动，我怕弄醒他，我知道这样的机会不会很多甚至不会再有，我要珍惜。我格外小心翼翼地拥着他，像拥着一片又轻又软又薄又透明的羽毛，生怕稍稍一失手，羽毛就会袅袅飞去……

并不是我太娇贵儿子，实在是他不会轻易地让你拥他入睡。他已经长大，嘴唇上方已经展起一层细细的绒毛，喉结也已经像要啄破壳的小鸟一样在蠕动。用不了多久，他会长得比我还要高，这张床将伸不开他的四肢……

一个小时过去了，我没有舍得叫醒儿子。

被雨打湿的杜甫

初三那一年的暑假,我们都是十五岁的少年。那一年的暑假,雨下得格外勤。哪儿也去不了,只好窝在家里,望着窗外发呆。

那时候,我最盼望的就是雨赶紧停下来,我就可以出去找朋友玩。当然,这个朋友,指的是她。那时候,她住在和我一条街的另一座大院里,走不了几步就到,但是,雨阻隔了我们。冒着大雨出现在一个不是自家的大院里,找一个女孩子,总是招人耳目的。尤其是她那个大院,住的全是军人或干部的人家,和住着贫民人家的我们大院相比,是两个阶层。在旁人看来,我和她,像是童话里说的公主与贫儿。

那时候,我真的不如她的胆子大。整个暑假,她常常跑到我们院子里找我。那时候,她喜欢物理,梦想当科学家。我爱上文学,梦想当作家。我们聊得最多的,是物理和文学,是居里夫人，是契诃夫与冰心。显然，我的文学常会战胜她的物理。我常会对她讲起我刚刚读过的小说，朗读我新看的诗歌，看到她睁大眼睛望着我，专心听我讲话的时候，我特别地自以为是，洋洋自得，常常会在这种时刻舒展一下腰身。

黄昏到了，她才会离开我家。我起身送她，因为我家住在大院最里面，一路逶迤要走过一条长长的甬道，几乎所有人家的窗前都会有人头的影子，好奇地望着我们两人，那眼光芒刺般落在我们的身上。我害怕那样的时刻，又渴望那样的时刻。

下雨之前，她刚从我这里拿走一本长篇小说《晋阳秋》。这场一连下了好多天的雨，终于停了。蜗牛和太阳一起出来，爬上我们大院的墙头。她却没有出现在我们大院里。我想，可能还要等一天吧，女孩子矜持。可是，又等了两天，她还是没有来。

我几次走到她家大院的大门前，又止住了脚步。浅薄的自尊心和虚荣心，比雨还要厉害地阻止了我的脚步。我生自己的气，也生她的气。

直到暑假快要结束的前一天的下午，她才出现在我的家里。那天，天又下起了雨，她撑着一把伞，走到我家的门前。那时，我正坐在我家门前的马扎上，就着外面的光亮，往笔记本上抄诗，没有想到会是她，这么多天对她的埋怨，立刻一扫而空。她不好意思地对我说："真对不起，我把书弄湿了，我到了好几家新华书店，都没有买到这本书。"

原来是这样，她一直不好意思来找我。是下雨天，她坐在家走廊前看这本书,不小心,书掉在地上,正好落在院子里的雨水里。书真的弄得挺狼狈的,书页湿了又干,都打了卷。我拿过书,对她说:"这你得受罚!"她望着我问:"怎么个罚法?"

我把手中的笔记本递给她,罚她帮我抄一首诗。

她笑了,坐在马扎上,问我抄什么诗。我回身递给她一本《杜甫诗选》,对她说就抄杜甫的,随便你选。她抄的是《登高》。抄完之后,她忙着站起来,笔记本掉在门外的地上,幸亏雨不大,只打湿了"无边落木萧萧下,不尽长江滚滚来"的那句。她不好意思地对我说:你看我,在同一个地方摔倒了两次。

其实,我罚她抄诗,并不是一时兴起。整个暑假,我都惦记着这件事。那时候,我们没有通过信,我想留下她的字迹,留下一份纪念。

读高中后,她住校,我和她开始通信,一直通到我们分别都去插队。字的留念,再不是诗的短短几行,而是如长长的流水,流过我们整个的青春岁月。只是,如今那些信已经散失,一个字都没有保存下来。倒是这个笔记本幸运存活到了现在。那首《登高》被雨打湿的痕迹清晰还在,好像五十多年的时间没有流逝,那个暑假的雨,依然扑打在我们的身上和杜甫的诗上。

第三辑 白雪红炉烨白薯

人生的滋味真正品味到了,是我们以全部青春作为代价。

荔枝

我第一次吃荔枝，是28岁的时候。那是十几年前，北京很少见到这种南国水果，时令一过，不消几日，再想买就买不到了。想想活到28岁，居然没有尝过荔枝的滋味，再想想母亲快70岁的人了，也从来没有吃过荔枝呢！虽然一斤要好几元，挺贵的，咬咬牙，还是掏钱买了一斤。我想让母亲尝尝鲜，她一定会高兴的。

回到家，还没容我从包里掏出荔枝，母亲先端出一盘沙果。这是一种比海棠大不了多少的小果子，居然每个都长着疤，有的还烂了皮，只是让母亲剜去了疤，洗得干干净净。每个沙果都沾着晶莹的水珠，果皮上红的纹络显得格外清晰。不知老人家洗了几遍才洗成这般模样。我知道这一定是母亲买的处理水果，每斤顶多5分或1角。居家过日子，老人家就是这样一辈子过来的。

我拿了一个沙果塞进嘴里，连声说真好吃，又明知故问多少钱一斤,然后不住口说真便宜——其实,母亲知道我是在安慰她而已,但这样的把戏每次依然让她高兴。趁着她高兴的劲儿,我掏出荔枝:"妈!今儿我给您买了好东西。"母亲一见荔枝,脸立刻沉了下来:"你财主了怎么着?这么贵的东西,你……"我打断母亲的话:"这么贵的东西,不兴咱们尝尝鲜!"母亲扑哧一声笑了,筋络突兀的手不停地抚摸着荔枝,然后用小拇指甲划破荔枝皮,小心翼翼地剥开皮又不让皮掉下,手心托着荔枝,像是托着一个刚刚啄破蛋壳的小鸡,那样爱怜地望着,舍不得吞下,嘴里不住地对我说:"你说它是怎么长的?怎么红皮里就长着这么白的肉?"毕竟是第一次吃,毕竟是好吃!母亲竟像孩子一样高兴。

那一晚,正巧有位老师带着几位学生突然到我家做客,望着桌上这两盘水果有些奇怪。也是,一盘沙果伤痕累累,一盘荔枝玲珑剔透,对比过于鲜明。说实话,自尊心与虚荣心齐头并进,我觉得自己仿佛是那盘丑小鸭般的沙果,真恨不得变戏法一样把它一下子变走。母亲端上茶来,笑吟吟地顺手把沙果端走,那般不经意,然后回过头对客人说:"快尝尝荔枝吧!"说得那般自然、妥帖。

母亲很喜欢吃荔枝,但她舍不得吃,每次都把大个的荔枝给我吃。以后每年的夏天,不管荔枝多贵,我总要买上一两斤,让母亲尝尝鲜。吃荔枝成了我家一年一度的保留节目,一直延续到三年前母亲去世。母亲去世前是夏天,正赶上荔枝上市。我买了好多新鲜的荔枝,皮薄核小。荔枝鲜红的皮一剥掉,白中泛青的肉蒙着一层细细的水珠,仿佛跑了很远的路,累得张着汗津津的小脸。是啊,它们整整跑了一年的长跑,才又和我们重逢。我感到慰藉的是,母亲临终前一天还吃到了水灵灵的荔枝。我一直相信是天命,是母亲善良忠厚一生的报偿。如果荔枝晚几天上市,我迟几天才买,那该是何等的遗憾,会让我产生多少无法弥补的痛楚。

其实,我错了。自从家里添了小孙子,母亲便把原来给儿子的爱分给小孙子一部分。母亲去世很久,我才知道母亲临终前一直舍不得吃一颗荔枝,都给她心爱的太馋嘴的小孙子吃了。

而今,荔枝依旧年年红。

苦瓜

原来我家有个小院,院里可以种些花草和蔬菜。这些活儿,都是母亲特别喜欢做的。把那些花草蔬菜侍弄得姹紫嫣红,像是给自己的儿女收拾得眉清目秀、招人眼目,母亲的心里很舒坦。

那时,母亲每年都特别喜欢种苦瓜。其实,这么说并不准确,是我特别喜欢苦瓜。刚开始,是我从别人家里要回苦瓜籽,给母亲种,并对她说:"这玩意儿特别好玩,皮是绿的,里面的瓤和籽是红的!"我之所以喜欢苦瓜,最初的原因就是它里面的瓤和籽格外吸引我。苦瓜结在架上,母亲一直不摘,就让它们那么老着,一直挂到秋风起时。越老,它们里面的瓤和籽越红,红得像玛瑙、像热血、像燃烧了一天的落日。当我掰开苦瓜,兴奋地注视着这两片像船一样盛满了鲜红欲滴的瓤和籽瓜时,母亲总要眯缝起昏花的老眼看着,露出和我一样喜出望外的神情,仿佛那是她老人家的杰作,是她才能给予我的欧·亨利式的意外结尾，让我看到苦瓜最终这一落日般的血红和辉煌。

以后，我发现苦瓜做菜其实很好吃。无论做汤，还是炒肉，都有一种清苦味。那苦味，格外别致，既不会传染到肉或别的菜，又有一种苦中蕴含的清香和苦味淡去的清新。

像喜欢院里母亲种的苦瓜一样，我喜欢上了苦瓜这一道菜。每年夏天，母亲都会经常从小院里摘下沾着露水珠的鲜嫩的苦瓜，给我炒一盘苦瓜青椒肉丝。它成了我家夏日饭桌上一道经久不衰的家常菜。

自从这之后，再见不到苦瓜瓤和籽鲜红欲滴的时候了，是因为再等不到那时候了。

这样的菜，一直吃到我离开了小院，搬进了楼房。住进楼房，依然爱吃这样的菜，只是再吃不到母亲亲手种、亲手摘的苦瓜，只能吃母亲亲手炒的苦瓜了。

一直吃到母亲六年前去世。

如今，依然爱吃这样的菜，只是母亲再也不能为我亲手到厨房去将青嫩的苦瓜切成丝，再掂起炒锅亲手将它炒熟，端上自家的餐桌了。

因为常吃苦瓜，便常想起母亲。其实，母亲并不爱吃苦瓜。除了头几次，在我一再的怂恿下，勉强动了几筷子，皱起眉头，便不再问津。母亲实在忍受不了那股子异样的苦味。她说过，苦瓜还是留着看红瓤红籽好。可是，她依然每年夏天苦瓜爬满架时，为我清炒一盘我特别喜欢吃的苦瓜肉丝。

最近，看了一则介绍苦瓜的短文，上面有这样一段文字："苦瓜味苦，但它从不把苦味传给其他食物。用苦瓜炒肉、焖肉、炖肉，其肉丝毫不沾苦味，故而人们美其名曰'君子菜'。"

花边饺

妈妈一辈子最爱吃的是饺子。

每逢包饺子的时候,妈妈最为得意。她一人和面、调馅儿,绝不让别人沾手。馅儿调得又香又绵,面和得不仅软硬适度,而且盆手两净。只有到包的时候,妈妈才叫上我们,让爸爸看火,我擀皮儿,弟弟送皮儿,指挥得头头是道。

小时候,靠爸爸每月几十元的工资养活一家人,生活拮据,吃饺子只有挨到逢年过节。即使不逢年节破天荒包上一回饺子,妈妈也总是要包上两种馅儿:一种素的,一种肉的。这时候,圆圆的盖帘上分两头码上不同馅儿的饺子。我和弟弟常常捣乱,把饺子弄混,让妈妈只好混在一块煮。妈妈不生气,用手指捅捅我和弟弟的小脑瓜儿说:"来,妈教你们包花边饺子!"我和弟弟好奇地看,妈妈把饺子边儿用手指轻轻一捏,捏出一圈穗状的花边，就像小姑娘头上戴了一圈花环，煞是好看。花边饺子给我们的童年带来乐趣，我们却不知道妈妈是耍了个小小的花招儿：她把肉馅儿的饺子都捏上了花边，让我和弟弟连看带玩儿地吞进肚里，自己和爸爸吃那些素馅儿饺子。

我大学毕业后，家里经济好转，饺子再不是什么稀罕食品。我变着花样做上满桌色香味俱佳的饭菜给妈妈吃，可妈妈总是尝几口便放下筷子。我便笑妈妈："您呀，真是享不了福！"妈妈笑笑没说话。我明白了，妈妈只喜欢吃饺子，那是她几十年来的最爱。我知道满足妈妈这个心愿的唯一办法就是常包饺子。每逢见我拎回肉馅儿，妈妈就立刻系上围裙，先去和面，再来调馅儿，决不让其他人沾手。那麻利劲儿，那精神劲儿，像又回到了她年轻的时候。

有一次大年初二，这一天是妈妈的生日，全家又包饺子。我要给妈妈一个意外的惊喜，我包了一个糖馅儿的饺子，放在盖帘上，然后对妈妈说："今儿个您要吃着这个糖馅儿的饺子，一准是有福，大吉大利！"妈妈连连摇头笑着说："这么一堆饺子，哪儿能那么巧就让我吃着这个饺子呢？"说着，她亲自把饺子下进滚开的锅中，饺子如一尾尾小银鱼在翻滚的水花里上下浮动。

热腾腾的饺子盛进盘，端上桌。我往妈妈的碟中先夹了三个饺子。妈妈吃第二个饺子就咬着了糖馅，惊喜地叫起来："哟，我真的吃着啦!"我笑着说:"要不怎么说您有福气呢!"妈妈的眼睛笑得眯成了一条缝。

  其实,妈妈的眼睛已经昏花了。她不知道我耍了一个小小的花招儿:用糖馅儿包了一个花边饺子。

  这种花边饺子是妈妈教会我包的。

翻毛月饼

中秋节又快到了,月饼蠢蠢欲动,又开始纷纷上市。北京现在卖的月饼花样翻新,但南风北渐,大多是广式或苏式,以前老北京人专门买的京式月饼中,只剩下了自来红、自来白,冷落在柜台的角落里,有一种叫作翻毛月饼的,更是已经多年不见踪影。

翻毛月饼类似现在的苏式酥皮月饼,但那只是形似而并非神似。赵珩先生在《老饕漫笔》一书中,专门有对它的描述:"其大小如现在的玫瑰饼,周身通白,层层起酥,薄如粉笺,细如绵纸,从外到内可以完全剥离开来,松软无比,决无起酥不透的硬结。馅子是枣泥的,炒得丝毫没有煳味儿,且甜淡相宜。翻毛月饼的皮子是淡而无味的,但与枣泥馅子同嚼,枣香与面香混为一体,糯软香甜至极。它虽属酥皮点心一类,但上下皆无烘烤过的痕迹。"

这是我迄今看到过的对翻毛月饼最为细致而生动的描述了，最初看到这段文字时，立刻回想到当年中秋节吃翻毛月饼的情景。印象最深的是，那时候父亲一只手托着翻毛月饼，另一只手放在这只手的下面，双层保险，为的是不小心从上面那只手中掉下的月饼皮，好让下面这只手接着，当然，这可以见那时老辈人的小心节省，也足可见那时翻毛月饼的皮是何等的细、薄、脆，就如同含羞草一样，稍稍一动，全身就簌簌往下掉皮。赵先生说的"薄如粉笺，细如绵纸"，真的一点不假。

只有曾经吃过翻毛月饼的人，才会体味得到赵先生所说的皮子的特点，这是区别于苏式月饼最重要之处。苏式月饼的皮子也起酥，但那皮子是浸了油的，是加了甜味儿的。翻毛月饼的皮子没有油，也不加糖，吃起来绝不油腻，入口即化，而且有一种任何馅也压不过的月饼本身最重要的原料——面粉原来的味道，这是来自田间的味道，是月饼最初的本色，现在的月饼做得越来越花哨、越来越昂贵，已经离本色越来越远。由于皮子没有油，翻毛月饼放几天再吃，皮照样酥，苏式月饼就不行，放几天，皮就硬了。翻毛月饼皮子到底是怎样做的，充满谜一样的迷惑和诱惑，只现身，不现形，英雄莫问来处似的，只把余味留下，便潇洒而去。好多年不见翻毛月饼卖了，也不知道现在这手艺传下来没有？

前两年，在网上看到一位台湾老人怀念北京的翻毛月饼，也专门说到那层皮："如果一般的月饼层次有15层，那么翻毛就有

25层,外皮只要稍一用力,就会有一小片一小片剥落,像一根根翻飞的发浪,因此叫翻毛。"因怀有思乡之情,他把翻毛月饼皮说得那样神。不过,他说翻毛得名是因为像翻飞的发浪,我是第一次听说。

赵先生在那篇文章中说,当年卖翻毛月饼最好的店铺是东四八条西口的瑞芳斋。其实,那时候致美斋、正明斋等地方的翻毛月饼也不错,关键是那时候到处都有卖翻毛月饼的,那时候的竹枝词写道:"红白翻毛制造精,中秋送礼遍都城。"翻毛月饼是那时候大众化的月饼,并不想要个噱头,花枝招展地打扮着自己,借着中秋节变着法地赚钱。

赵先生的那篇文章只说了翻毛月饼枣泥馅的一种,其实,翻毛月饼的馅有多种,梁实秋先生在《雅舍谈吃》里就说过:"有一种山楂馅的翻毛月饼,薄薄的小小的,我认为风味很好,别处所无。大抵月饼不宜过甜,不宜太厚,山楂馅带有酸味,故不觉其腻。"

据说当年致美斋还有种鲜葡萄馅的,也是一绝。如果把这样"别处所无"的翻毛月饼重新挖掘,没准能给愈演愈烈的月饼市场添点儿新意。在日益注重浓妆艳抹的过度包装中,重走本色派老路,就如一位诗人的诗所说"把石头还给石头",也把月饼还给月饼。

翻毛月饼是一曲乡间民谣。越发豪华的广式或苏式月饼,已经成为闹哄哄秀场上的歌手大奖赛。

金妈妈杏

杏树,在我国是个古老树种,起码孔子时代就已很旺盛,孔子讲学的地方叫杏坛,四围就种满杏树。奇怪的是,如今北京孔庙里尽是柏树,没有一株杏树。

小楼一夜听春雨,深巷明朝卖杏花——说明宋时陆游客居京城时,城里或城边还是有杏树的。可如今北京城里,大街小巷也难觅一株杏树,都被赶到了城外的山上。如果往北走,过了平谷和顺义,到了怀柔和密云,才能够见到山上一片片的杏林。

我不知道杏树的沦落出自何时,也不知道杏在水果中的地位是否也在下降。和苹果、葡萄、香蕉、梨这样的大众水果相比,杏可卖的时间极短,因难保存:一个杏烂了,很快就会烂掉一筐,卖水果的一般都不愿卖。在北京,一年四季,什么水果都可以买到,而真正属于时令水果的,就只剩下了杏。杏黄麦熟时节,水果摊上,卖杏只有那么短短的半个来月,香白杏卖过,黄杏一上市，基本就到了尾声。

很多年前，我到兰州，赶上杏熟时节，满街卖杏的，有处纸牌子写着"金妈妈杏"。我第一次见到这个名字，杏里面还有这样人情味浓的品种，不觉好奇，便买了些。卖主儿一边给我称杏，一边说：算是你有眼光，这是我们这儿的名产，敢说是全中国最好吃的杏！

那杏金黄金黄的，有的还带有一丝丝隐隐的金红，颜色油亮，像抹了一层釉。而且，个儿大，一斤才称十来个；确实好吃，绵沙沙的，甜丝丝的，有股难以言传的清香，像是经过沉淀之后慢慢浸透心田。

卖杏的看着我吃了第一个杏后，说：没骗你吧？

我问他为什么叫金妈妈杏？他答不上来，说：反正我们这里都这么叫！妈妈呗，还有比妈妈更亲更好的吗？杏和人一个样儿！

我自幼喜欢吃杏，每年杏上市那短短几天，都不会放过。小时杏很便宜，几分钱一斤。比起枇杷、荔枝等，杏属于贫民水果。除了到北大荒那六年，我年年都没有和杏失约。

最近这几年，常到美国去看望孩子，时间都安排在春夏，没能吃得上杏。美国没有什么杏树，超市里很少见到杏；即便有，卖得也很贵，而且味道远不如金妈妈杏。

今年，杏黄麦熟时节，跟孩子从美国回北京，没有错过吃杏。那天，陪孩子一起到密云的黑龙潭玩，在售票处门外，遇到一位卖杏的老大娘。她蹬着辆三轮车，车上两个大柳条筐里装满了杏。那杏个头儿不大，黄澄澄的，在午后热辣辣的阳光下格外明亮，特别是和她那头白发一对比，相当醒目。

我对杏没有免疫力，忍不住走了过去。老大娘笑吟吟地冲我说：都是刚从树上打下来的，甜着呢！青的也甜！你尝一个！说着，她掰开一个青杏递到我的手里。我吃了，真的很甜。我和她聊起天来，知道自打杏熟之后，她天天骑着三轮车到这里来卖。我问她家种多少棵杏树？她说：那我可没数过，每年这个季节，能打几千斤吧！我说：这么多杏，怎么不让你家老头儿来卖？都是你自己一个人蹬车来？她一摆手，说：我家老头儿这些年一直在外面打工，哪儿顾得过来。我说，让你孩子来卖呀！她又说：眼睛都指望不上，还指望眉毛？孩子考上了大学，结了婚住在城里，现在正忙活他们自己的孩子呢！我惊奇地问，每年这几千斤杏，都是您自个儿蹬着车跑这里卖的？都能卖得出去吗？她有些欣慰地告诉我：还真的都卖出去了，借着黑龙潭这块地方，来的游人多。我卖得便宜，挣点儿是点儿，给儿子养孩子添点儿力呗！他也不容易！说着，她拿起一个黄杏让我尝：不买也没事，都是自家的玩意儿！

我尝了，要说甜和香，比不上金妈妈杏，但说味道，比金妈妈杏更让我难忘。那一刻，我又想起了金妈妈杏。

佛手之香

那个星期天,我在潘家园旧货市场外面的街上,买了一个佛手。那时,这条街和市场里面一样的热闹,摆满了小摊,其中一个小摊卖的就是佛手。卖货的是个山东妇女,十几个大小不一、有青有黄的佛手,浑身疙疙瘩瘩的,躺在她脚前的一个竹篮里,百无聊赖的样子,像伸出来长短不一粗细不均的枝杈来勾引人们的注意。很多人不认识这玩意儿,路过这里都问问这是什么呀,这么难看?扭头就走了,没有人买。我买了一个黄中带绿的大佛手,她很高兴,便宜了我两块钱,说她是大老远从山东带来的,谁知道你们北京人不认!

这东西好长时间没有在北京卖了。记得上一次见到它,起码是四十多年前了。那时,我还在读中学,是春节前,在街上买回一个,个头儿没有这个大,但小巧玲珑,长得比这个秀气。那时,父母都还健在,把它放在柜子上,像供奉小小的一尊佛,满屋飘香。

我不知道佛手能不能称之为水果。它可以吃,记得那时我偷偷掐下它的一小角,皮的味道像橘子皮,肉没有橘子好吃,发酸发苦,很涩。那时,我查过词典,说它是枸橼的变种,初夏时开上白和紫两种颜色的小花,冬天结果,但果实变形,像是过于饱满炸开了,裂成如今这般模样。它的用途很多,可以入药,可以泡酒,也可以做成蜜饯。那时我买的那个佛手没有摆到过年,就被父亲泡酒了,母亲一再埋怨父亲,说是摆到过年,多喜兴呀。

以后,我在唐花坞和植物园里看到过佛手,但都是盆栽的,很袖珍,只是看花一样赏景的。插队北大荒时,每次回北京探亲结束都要去六必居买咸菜带走,好度过北大荒没有青菜的漫长冬春两季。在六必居我见过腌制的佛手,不过,已经切成片,变成了酱黄色,看不出一点儿佛指如仙的样子了。

我们中国人很会给水果起名字,我以为起得最好的便是佛手了,它不仅最象形,而且最具有超尘拔俗的境界。它伸出的权杈,确实像佛手,只有佛的手指才会这样如兰花瓣婉转修长,曲折中有这样的韵致。在敦煌壁画中看那些端坐于莲花座上和飞天于彩云间的各式佛的手指,确实和它几分相似。前不久看到了残疾人艺术团表演的千手观音,那伸展自如风姿绰约的金色手指,确实能够让人把它们和佛手联系在一起。我买的这个佛手,回家后我细细数了数,一共二十四只手指。我不知道一般佛手长多少佛指,我猜想,二十四只,除了和千手观音比,它应该不算少了。

我把它放在卧室里,没有想到它会如此的香。特别是它身上的绿色完全变黄的时候,香味扑满了整个卧室,甚至长上了翅膀似的,飞出我的卧室,每当我从外面回来,刚刚打开房间的门,香味就像家里宠物狗一样扑了过来,毛茸茸的感觉,萦绕在身旁。我相信世界上所有的水果都没有它这种独特的香味。在水果里,只有菲律宾的菠萝才可以和它相比,但那种菠萝香味清新倒是清新,没有它的浓郁;有的水果,倒是很浓郁,比如榴梿,却有些浓郁得刺鼻。它的香味,真的是少一分则欠缺,多一分则过了界,拿捏得那样恰到好处,仿佛妙手天成,是上天的赐予,称它为佛手,确为得天独厚,别无二致,只有天国境界,才会有如此如梵乐清音一般的香味。西方将亨德尔宗教色彩浓郁的清唱剧《弥赛亚》中那段清澈透明、高蹈如云的《哈利路亚》,视为天国的国歌,我想我们东方可以把佛手之香,称为天国之香。这样说,也许并非没有道理,过去文字中常见珠玉成诗,兰露滋香,我想,香与花的供奉是佛教的一种虔诚的仪式,那种仪式中所供奉的香所散发的香味,大概就是这样的吧。金刚经里所说的处处花香散处的香味大概也就是这样的吧。

它的香味那样持久,也是我所料未及的。一个多月过去了,房间里还是香飘不断,可以说没有一朵花的香味能够存留得如此长久,越是香气浓郁的花,凋零得越快,香味便也随之玉殒色残了。它却还像当初一样,依旧香如故。但看看它的皮,已经从青绿到鹅黄到柠檬黄到芥末黄到土黄,到如今黄中带黑的斑斑点点了,而且,它的皮已经发干发皱,萎缩了,像是瘦筋筋的,只剩下了皮包骨。想想刚买回它时那丰满妖娆的样子,现在让我感到的却也不是美人迟暮的感觉,而是和日子一起变老的沧桑。

它已经老了,却还是把香味散发给我,虽然没有最初那样浓郁了,依然那样的清新沁人。那一刻,我忽然觉得它老得像母亲。是的,我想起了母亲,四十多年前,我第一次见到佛手的时候,母亲还不老。

青木瓜之味

　　大约是2000年初春的一个星期天下午,我去邮局发信。就在快到邮局的时候,一个年轻的女子和我擦肩而过。忽然,她停住脚步,回头看了我一眼。那眼神很亲切,也有些意外的惊奇,仿佛认出了一个熟人而与之意外相逢。那眼神闹得我以为真的碰见了什么认识的人,便也禁不住停住脚步,看了她一眼:年龄不大,也就二十出头,模样清爽,中等身材,瘦瘦的。看她的装扮,初春时节还穿着一件臃肿的棉衣,就猜得出是一个外地人,大概是打工妹。我仔细地想了想,从来没有见过这么个人,她肯定是认错了人。于是,我暗笑自己的自作多情,向邮局走去。

　　我走了没几步,她从后面跑了过来,跑到我面前,这让我很吃惊,不知碰见了什么人。只听见她用南方人那种软绵的声音仔细而小心翼翼地问我:"你是不是肖复兴老师?"我越发惊讶,她居然叫出了我的名字,木讷地站在那里,近乎机械地点了点头。她一下子显得很兴奋,接着说:"刚才你迎面向我走来,我看着你就像。我读中学时就看过你写的书,你和书上的照片很像。真没有想到这么巧,今天我在这里遇见了你!"

原来是一位读者,大概她这番热情的话,很能够满足我的虚荣心,尤其是听她说她喜欢我写的一些东西,特别是说她读中学的时候读我写的东西对她有帮助,一直忘不了……我就像小学生爱听表扬似的,立刻有些发晕,找不着北了,站在街头和她聊了起来,一任身边车水马龙,喧嚣不已。

从她那话语中,我渐渐地听明白了,她从小在南方农村长大,中学毕业,没有考上大学,家里生活困难,就跟着乡亲来到北京打工,住的地方离我家不算太远,要走半个小时左右,今天星期天休息,她是刚刚到邮局给家里寄钱,并发了一封平安家信。虽是萍水相逢,只是些家常话,却让我感到她像是在掏心窝子,一下子竟有些感动,没有想到只是写了一些平常的东西,能够让心拉近,距离缩短,心里想这应该说是如今没什么用处的文学的一点特殊功能吧。于是,我进一步犯晕,沿着斜坡继续顺溜地下滑,不知对她的热情如何回报似的,竟然指着马路对面我家住的楼对她说:"我家就住在那里,你有空,欢迎你到我家做客。"说着把地址写给了她。她高兴地说:"太好了,我一定去。"

回到家后,我就把这件事当作喜帖子,向家人讲了,不想立刻遭到全家一盆冷水浇头,纷纷说我,"你以为你遇到了知己了?别是个骗子吧?""可不是,现在骗子可多着呢,你可别忘了狐狸说几句赞扬的话,是为了骗乌鸦嘴里的肉。""什么?你还把咱家的地址告诉了人家?你傻不傻呀?你就等着人家上门找到你头上来骗你吧!""要真是找上门来,骗几个钱倒没什么,可别出别的事……"

一下子,说得我发蒙。一再回忆街头和那个年轻女子的相遇和交谈,不像是个狐狸似的骗子呀,再说,她肯定是读过我写的书,要不也说不出书名;并且能对照着书上的照片认出我来呀。但家里的人说得也没有错,谁也不会把骗子两字写在脑门上,高明的骗子越来越多,防不胜防。这么一想,心里连连后悔,而且不禁有些发虚。一连好几天,都有些提心吊胆。

好在一连好多天过去了,都平安无事。时间一长,这件事渐渐被我淡忘了。

将近一年过去了,春节过后的一天,我们全家从天津孩子的姥姥家过完年回家,刚上电梯,开电梯的老太太对我说:"你先等我一会儿,前两天有个年轻女子来找你,你没在家,把带来的东西放在我那儿了。"不一会儿,就拿来一包用废报纸包着的东西。回家打开包一看,是两个青青的木瓜。木瓜的旁边有一张小纸条,上面写着几行小字,落款是"你的一个读者"。

全家都愣在那里,谁都说不出一句话来。

这件事虽已过去四年,但我怎么也忘不了这个年轻而真诚的女子,忘不了这件事情,忘不了这两个木瓜。总记得木瓜切开时的样子,别看皮那样青,里面却是红红的,格外鲜艳,特别是那独有的清香味道,在房间里飘荡着,好多天没有散去。

除夕的荸荠

在老北京,除夕的黄昏时分,是街上最清静的时候。店铺早打烊关门,胡同里几乎见不到人影,除了寒风刮得电线杆上的线和树上的枯树枝子呼呼地响,听不到什么喧哗。只有走进大小四合院或大杂院里,才能够听到乒乒乓乓在案板上剁饺子馅的声音,从各家里传出来,你应我和似的,嘈嘈切切错杂弹,像是过年的序曲,是待会儿除夕夜轰鸣炸响的鞭炮声的前奏。

就在这时候,胡同里会传来一声声"买荸荠喽!买荸荠喽!"的叫喊。由于四周清静,这声响便显得格外清亮,在风中荡漾着悠扬的回声,各家都能够听得见。如果除夕算作奏响辞旧迎新的一支曲子的话,前奏是剁饺子馅欢快的声响,高潮是放鞭炮,那么,这寒风中传来的一声声"买荸荠喽!买荸荠喽!"的叫喊,则像是中间插进来的一段变奏,或者像是在一片剁饺子馅的敲打乐中突然升起的一支长笛的悠扬回荡。

这时候，各家的大人一般都会自己走出家门，来到胡同里，招呼卖荸荠的："买点儿荸荠！"卖荸荠的会问："买荸荠哟？"大人们会答："对，荸荠！"卖荸荠的再问："年货都备齐了？"大人们会答："备齐啦！备齐啦！"然后彼此笑笑，点头称诺，算是提前拜了年。

荸荠，就是取这个"备齐"之意。那时候，卖荸荠的，就是专门来赚这份钱的。买荸荠的，就是图这个荸荠的谐音，图这个吉利的。那时候，卖的荸荠，一般分生荸荠和熟荸荠两种，都很便宜。也有大人手里忙着活儿，出不来，就让孩子跑出来买，总之，各家是一定要几个荸荠的。对于小孩子，不懂得什么荸荠就是备齐的意思，只知道吃，那年月，冬天里没有什么水果，就把荸荠当成了水果，特别是生荸荠，脆生生，水灵灵，有点儿滋味呢。

记忆中，我小时候，除夕的黄昏，已经很少听到胡同里有叫卖荸荠的声响了。但是，这一天，或者这一天之前，父亲总是会买一些荸荠回家，他恪守着老北京这一传统，总觉得是有个吉利的讲究。一般，父亲会把荸荠用水煮熟，再放上一点白糖，让我和弟弟连荸荠带水一起吃掉，说是为了去火。这已经是除夕之夜荸荠的另一种功能，属于实用，而非民俗，就像把供果拿下来吃掉了一样。我们的民俗，一般都是和吃有关的，所以尤其受小孩子的欢迎。

如今，这样的民俗传统，早就失传了。人们再也听不到除夕的黄昏那一声声"买荸荠喽！买荸荠喽！"的叫喊了，也听不到大人们像小孩子一样正儿八经的"备齐啦！备齐啦！"的回答了。我现在想，大人们之所以在那一刻返老还童似的应答，是因为那时候的人们对于年还真的存在一种敬畏，或者说，年真的能够给人们带来乐趣和欢喜。现在，即使还能够听到这样的叫卖荸荠的声响，还有几个大人相信并且煞有其事出门买几粒荸荠然后答道"备齐啦，备齐啦"呢？更何况，如今人们大多住进了高楼，封闭的围墙、厚厚的防盗门和双层隔音的玻璃窗，哪里又能够听得到这遥远的呼喊声呢？

如今，这样的声音，只存活在老人的记忆里，或在发黄的书页间。前辈作家翁偶虹先生在《北京话旧》一书中便有这样的记载："除夕黄昏时叫卖'荸荠'之声，过春节并不需要吃荸荠，取'荸荠'是'毕齐'的谐音，表示自己的年货已然毕齐。"只是和我小时候的记忆稍有区别，我父亲说是"备齐"的意思，相比较"毕齐"，我觉得父亲的解释更大众化。

家乡的小枣

枣有多种吃法，枣也可以入菜，当然也可以有多种做法，但我从来没有见过这样的吃法，这样的做法。

一般用枣做菜，枣只是陪衬，比如红枣煨肉，枣只是肉周围一圈的护兵，将军肯定还是中间昂昂然的肘子肉。在家乡沧县吃的这道菜，却是全部用小枣做成的，一盘端上来，红扑扑的，玛瑙一样层层叠叠全是枣。只是将枣去核，中间塞上一层粘面，使得这道菜红白相间，色彩多了一分明快。再浇上一层拌有桂花的浓汁，又使得这道菜玲珑剔透、晶莹透明，还多了一分浓郁的香味。

关键是这道菜不仅看起来赏心悦目，吃起来更有味道，一颗颗小枣虽然只有手指甲盖大，枣肉却厚实有劲，夹上粘面，就更有嚼头。粘面中不用加糖，小枣本身就足够甜了。北方人都爱吃粘面，有了这层粘面，绵绵软软之中，多了扯不断理还乱的回味。

我是第一次吃这样新鲜而有味道的菜，只有在家乡才能吃到这样的菜。家乡沧县被称为枣县，到处是枣树，光枣的品种就有两百多种。说起家乡的枣，打我小时候记事时起就知道。虽然父亲年轻时候就离开了沧县，我们一家人一直住在北京，但最让他骄傲的就是沧县的武术和小枣，不知多少次提起过沧县的小枣，说得他的嘴唇、听得我的耳朵都起了茧子。如果有家乡人从老家给他带来小枣，是最让他高兴的事了。那种来自家乡的小枣，对于父亲来说一眼就能认出来的，就像一眼就能认出自己的乡亲一样；对于我来说，虽然一眼认不出来，看不出它和其他地方的枣的区别，但只要吃上几颗，就会和别的枣判若两人般分得清爽。那时，我家住的大院里有两棵枣树，秋天打枣，曾是我们孩子的节日。但那枣吃起来，确实不如沧县的小枣甜。当然，甜不是沧县小枣比别的枣多出的唯一优势。有一阵子在北京到处卖一种叫作伊拉克蜜枣的，甜是足够的甜，父亲说甜得齁嗓子，哪儿赶得上老家的枣！老家的枣，刚下树甜中带脆；晒干了甜而绵软。

家乡的小枣，一直弥漫在父亲的回忆里和对我们的絮叨里。父亲自年轻时离开沧县四十多年里，只回过一次老家，没给我们带回别的什么东西，但没忘记给我们带回家乡的小枣。所以，沧县小枣的影子和味道一直萦绕在我的心头。那里有父亲的一份乡情，也有我的一份朦朦胧胧的乡情。虽然，还没有到过家乡；即使离家乡还很遥远，有了这小枣，家乡便像是会飞的云一样摇曳在眼前了。有诗人曾经说过乡愁是一枚邮票,对于父亲和我,乡愁只是家乡的小枣。

可惜父亲从未吃过用家乡小枣做的这道菜。

家乡热情的主人告诉我这道菜的做法:先将小枣用开水煮一下,去掉土腥味,让枣肉蓬松;再去核过油炸一遍;然后在中间塞上粘面烹调;最后浇汁起锅。做法并不复杂,但想出做这道菜的人,确实是富有想象力的。

回到北京,我如法炮制,也做了这样一道菜。枣是从家乡带回来的,方法是有条不紊一点不差的,也就是用料和步骤完全一样。但做出的味道却和那天在沧县吃的不一样。真是怪了,莫非真是橘易地而成枳吗?

毕竟那是在家乡。

白雪红炉烀白薯

数九的寒冬又来了，转眼就到了年根儿，一年一年过得可真快。也许，是人岁数大了，过去的事总会不请自来地蹦在眼前。在老北京，即使到了寒风呼啸的这时候，街头卖各种吃食的小摊子也不少。不是那时候的人不怕冷，是为了生计，便也成全了那时候我们一帮馋嘴的小孩子。那时候，普遍的经济拮据，物品匮乏，说起吃食来，就像在20世纪70年代曾经流行过的假衣领被称为"穷人美"一样，不过是穷人螺蛳壳里做道场的一种自得其乐的选择罢了。

如今，冬天里白雪红炉吃烤白薯，已经不新鲜，几乎大街小巷都能看见立着胖墩墩的汽油桶，里面烧着煤火，四周翻烤着白薯。这几年还引进了台湾版的电炉烤箱的现代化烤白薯，立马儿丑小鸭变白天鹅一样，在超市里买，价钱比外面的汽油桶高出不少，但会给一个精致一点儿的纸袋包着，时髦的小妞儿跷着兰花指拿着,像吃三明治一样优雅地吃。

在老北京,冬天里卖烤白薯永远是一景。它是最平民化的食物了,便宜,又热乎,常常属于穷学生、打工族、小职员一类的人。他们手里拿着一块烤白薯,既暖和了胃,也暖热了手,迎着寒风走就有了劲儿。记得老舍先生在《骆驼祥子》里写到这种烤白薯,说是饿得跟瘪臭虫似的祥子一样的穷人,和瘦得出了棱的狗,爱在卖烤白薯的挑子旁边转悠,那是为了吃点儿更便宜的皮和须子。

民国时,徐霞村先生写《北平的巷头小吃》,提到他吃烤白薯的情景。想那时他当然不会沦落到祥子的地步,不过,也绝不是如今脱贫致富开着小车住着别墅上了财富排行榜的作家,只会偶尔到宾馆里吃吃电炉子里用银色锡纸包着烤出的白薯尝尝鲜。所以,他写他吃烤白薯的味道时,才会那样兴奋甚至有点儿夸张地用了"肥、透、甜"三个字,真的是很传神,特别是前两个字,我是从来没有听说过谁会用"肥"和"透"来形容烤白薯的。

但还有一种白薯的吃法,今天已经见不着了,便是煮白薯。在街头支起一口大铁锅,里面放上水,把洗干净的白薯(这种白薯挑选便是一种经验)放进去一起煮,一直煮到把开水耗干。因为白薯里吸进了水分,所以非常软,甚至绵绵得成了一摊稀泥。想徐霞村先生写到的"肥、透、甜"中那一个"透"字,恐怕用在烤白薯上不那么准确,因为烤白薯一般是把白薯皮烤成土黄色，带一点儿焦焦的黑，不大会是"透"，用在煮白薯上更合适。白薯皮在滚开的水里浸泡，犹如贵妃出浴一般，已经被煮成一层纸一样薄，呈明艳的朱红色，浑身透亮，像穿着透视装，里面的白薯肉，都能够丝丝地看得清清爽爽，才是一个"透"字承受得了的。

煮白薯的皮，远比烤白薯的皮要漂亮，诱人。仿佛白薯经过水煮之后脱胎换骨一样，就像眼下经过美容后的漂亮姐儿，须刮目相看。水对于白薯，似乎比火对于白薯要更适合，更能相得益彰，让白薯从里到外地可人。煮白薯的皮，有点儿像葡萄皮，包着里面的肉简直就成了一兜蜜，一碰就破。因此，吃这种白薯，一定得用手心托着吃。大冬天站在街头，小心翼翼地托着这样一块白薯，噘起小嘴嘬里面软稀稀的白薯肉，那劲头只有和吃喝了蜜的冻柿子有一拼。

老北京人又管它叫作"烀白薯"。这个"烀"字是地地道道的北方词，好像是专门为白薯的这种吃法定制的。烀白薯对白薯的选择，和烤白薯的选择有区别，一定不能要那种干瓤的，一般选择的是麦茬儿白薯，再有就是做种子用的白薯秧子。老北京话讲：处暑收薯，那时候的白薯是麦茬儿白薯，是早薯，收麦子后不久就可以收，这种白薯个儿小，瘦溜儿，皮薄，瓤儿软，好煮，也甜。白薯秧子，是用来做种子的，在老白薯上长出一截儿来，就掐下来埋在地里。这种白薯，也是个儿细，肉嫩，开锅就熟。

当然，这两种白薯，也相对便宜。烀白薯这玩意儿，是穷人吃的，从某种程度上，比烤白薯还要便宜才是。我小时候，正赶上三年严重困难，每月粮食定量，家里有我和弟弟正长身体要饭量的半大小子，月月粮食不够吃。家里只靠父亲一人上班，日子过得拮据，不可能像院子里有钱的人家去买议价粮或高价点心吃，就去买白薯，回家烀着吃。那时候，入秋到冬天，粮店里常常会进很多白薯，要用粮票买，每斤粮票可以买5斤白薯。但是，每一次粮店里进白薯了，都会排队排好多人，都是像我家一样，提着筐，拿着麻袋，都希望买到白薯，回家烀着吃，可以饱一时的肚子。烀白薯，便成为那时候很多人家的家常便饭，常常是一院子里，家家飘出烀白薯的味儿。

过去，老北京城南一带因为格外穷，卖烀白薯的就多。南横街有周家两兄弟，卖的烀白薯非常出名。他们兄弟俩，把着南横街东西两头，各支起一口大锅，所有走南横街的人，甭管走哪头儿，都能够见到他们兄弟俩的大锅。过去，卖烀白薯的，一般都是兼着5月里卖五月鲜，端午节卖粽子，这些东西也都是需要在锅里煮，所有烀白薯的大锅就能一专多能，充分利用。周家这兄弟俩，也是这样，只不过他们更讲究一些，会用盘子托着烀白薯、五月鲜和粽子，再给人一支铜钎子扎着吃，免得烫手。他们的烀白薯一直在南横街东西两头卖，卖到了新中国成立以后的公私合营，统统把这些小商小贩归拢到了饮食行业里来。

五月鲜，就是5月刚上市的早玉米，老北京的街头巷尾，常会听到这样的吆喝：五月鲜来，带秧儿嫩来咂！市井里叫卖的吆喝声，如今也成了一种艺术，韵味十足的叫卖大王应运而生。以前，卖烤白薯的一般吆喝：栗子味儿的，热乎的！以和烤白薯一起当令的栗子相比附，无疑是高抬自己，再好的烤白薯，也吃不出来栗子味儿。烀白薯，没有这样地攀龙附凤，只好吆喝：带蜜嘎巴儿的，软乎的！不过，一般卖烀白薯的，都没有卖烤白薯的吆喝起劲儿，大概是有些自惭形秽吧。他们吆喝的这个"蜜嘎巴儿"，指的是被水耗干挂在白薯皮上的那一层结了痂的糖稀，对那些平常日子里连糖块都难得吃到的孩子们来说，是一种挡不住的诱惑。

说起南横街东西两头的周家兄弟，我想起了小时候我家住的西打磨厂街中央的南深沟的路口，也有一位卖烀白薯的。只是，他兼卖小枣豆儿年糕，一个摊子花开两枝，一口大锅的余火，让他的年糕总是冒着腾腾的热气。无论买他的烀白薯，还是年糕，他都给你一个薄薄的苇叶子托着，那苇叶子让你想起久违的田间，让你感到再不起眼的北京小吃，也有着浓郁的乡土气。

长大以后，我在书中读到这样一句民谚：年糕十里地，白薯一溜屁。说的是年糕解饱，顶时候，白薯不顶时候，容易饿。便会忍不住想起南深沟口上那个既卖年糕又卖白薯的摊子。他倒是有先见之明一样，将这两样东西中和在了一起。

懂行的老北京人，最爱吃锅底的烀白薯，是烀白薯的上品。那样的白薯因锅底的水烧干让白薯皮也被烧煳，便像熬糖一样，把白薯肉里面的糖分也熬了出来,其肉便不仅烂如泥,也甜如蜜,常常会在白薯皮上挂一层黏糊糊的糖稀,结着嘎巴儿,吃起来,是一锅白薯里都没有的味道,可以说是一锅白薯里浓缩的精华。一般一锅白薯里就那么几块,便常有好这一口的人站在寒风中程门立雪般专门等候着,一直等到一锅白薯卖到了尾声,那几块锅底的白薯终于水落石出般出现为止。民国有竹枝词专门咏叹:"应知味美惟锅底,饱啖残余未算冤。"

只可惜,如今你即使跑遍北京的四九城,也找不到一个地方卖这种"烀白薯"的了。暗想,如果有聪明的商家,重操旧业,把这个"烀白薯"整治出来,让人们重新尝尝这一口,必定是个不错的生意。只是得在店门口支起一口大锅,让它呼呼地冒热气儿,让烀出的白薯那种带糖稀的甜味儿满街飘。

太阳味道的西红柿

日子过去得非常快，一旦成了历史，事情便很容易褪色。鲜亮的颜色总是漆在眼前或即将发生的事情上，而不在如烟的往事上。

在北大荒插队，秋天是最美的，瓜园里有吃不够的西瓜和香瓜，让我们解开裤带敞开地吃。但过了秋天，漫长的冬季和春季，别说水果，就是蔬菜都很难见到了。我们要一直熬到夏天的到来，才能终于尝到鲜，第一个鲜亮亮跑到我们面前的就是西红柿。在北大荒，我们是把西红柿当成宝贵水果吃的。想想一冬一春没有见过水果，突然见到这样鲜红鲜红的西红柿，当然会有一种和阔别多日的朋友（尤其是女朋友）见面的感觉。蠢蠢欲动是难免的，往往等不到西红柿完全熟透，我们就会在夜里溜进菜园，趁着月光，从架上拣个大的西红柿摘，跑回宿舍偷偷地吃（如果能蘸白糖吃，比任何水果都要美味了）。

那时候,我最爱到食堂去帮伙,原因之一就是可以去菜园摘菜。北大荒的菜园很大,品种很多,最好看的还得属西红柿,其余的菜都是趴在地上的,比如南瓜、白菜、萝卜,长在架子上的菜总有一种高人一等的昂昂乎的劲头。但是,架上的扁豆还没有熟,北大荒的黄瓜五短身材难看死了,只有西红柿红扑扑、圆乎乎的,样子极耐看。没有熟的,青青的,没吃嘴里先酸了;半熟不熟的,粉嘟嘟的,含羞带啼像刚来的女知青般羞涩;熟透的,从里到外红透了,坠得架子直弯直晃,像村里那些小娘儿们般妖冶……

离开北大荒好久了,还是总能想起那里的西红柿,尤其是那种皮是红的,切开来里面的肉是粉的,我们管它叫作面瓤的西红柿,有种难得的味道,不仅仅是甜是酸,也不仅仅是清新是汁水丰厚,那真是一种其他水果没有的味道。吃着这种西红柿,躺在一望无边的麦地里,或是躺在场院高高的囤尖上吃,是最美不过的了。我们会吃完一个又一个,直至吃得肚子鼓鼓的再也吃不下去为止。那西红柿被晒得热乎乎的,总有一种太阳的味道。

回北京好长一段时间,总觉得北京的西红柿不好吃,酸、汁水少,没有北大荒面瓤的那种。我母亲还在世的时候,有一年的春天种了一株丝瓜、一株苦瓜,还种了一棵西红柿。从小在农村长大的母亲,对于种菜很在行,夏天,这几种玩意全活了,长势不错,只是西红柿长不大,就那样青青的愣在架上萎缩了,最后只剩下一个终于长大了,渐渐地变红了。我告诉母亲别摘它,就那么让它长着,看个鲜儿吧。夏天快要过去了,整天晒在那里,它快要蔫了,母亲舍不得看着它蔫下去烂掉。从困苦中熬出来,母亲一辈子总是心疼粮食蔬菜,最后还是把它摘了下来。在母亲的手里,西红柿虽然蔫了,却依然红红的格外闪亮。那一天,母亲用它做了一碗西红柿鸡蛋汤。说老实话,我没吃出什么味儿来。

唯一一次西红柿鸡蛋汤吃出味道的,是第一次从北大荒休探亲假回北京。弟弟的一位从青海来的朋友请我到王府井的萃华楼吃饭。那时他们在青海三线工厂工作,比我们插队的有钱。我是第一次到这样的饭店来吃饭,是冬天,是在北大荒没有水果没有蔬菜的季节。这位朋友点菜时说得要碗汤吧,要了这个西红柿鸡蛋汤。那是一碗只有几片西红柿的鸡蛋汤,但那汤做得确实好喝,西红柿有一种难得的清新。蛋花打得极好,奶黄色的云一样飘在汤中,薄薄的西红柿片,几乎透明,像是几抹淡淡的胭脂,显得那样高雅。我真的再也没有喝过那样好喝的西红柿鸡蛋汤了,也许,是离开北大荒太久了。

喝得很慢的土豆汤

那天下午,我和妻子路过北大,因为还没有吃午饭,忽然想起儿子曾经特意带我们去过的一家生意很红火的朝鲜小饭馆,便去了这家小饭馆。

因为不是饭点儿,小馆里空荡荡的,一个胖乎乎的小姑娘笑着问我们吃点什么。我想起上次儿子带我们来,点了一个土豆汤,非常好吃,很浓的汤,却很润滑细腻,特殊的清香味儿,撩人胃口。不过已经过去两个多月的时间,我忘记是用鸡块炖的,还是用牛肉炖的,便对妻子嘀咕:"你还记得吗?"妻子也忘记了。

没想到,小姑娘这时对我们说道:"上次你们是不是和你们的儿子一起来的,就坐在里面那个位子?"

我和妻子都惊住了。她居然记得这样清楚!更没想到的是,她接着用一种很肯定的口气对我们说:"那次你们要的是鸡块炖土豆汤。"

我还是开玩笑地对她说："你就这么肯定？"

她笑了："没错，你们要的就是鸡块炖土豆汤。"

我也笑了："那就要鸡块炖土豆汤。"

刚才和小姑娘的对话，让我在那一瞬间想起了儿子。思念，一下子变得那么近，近得可触可摸，仿佛一伸手就能够抓到。两个多月前，儿子要离开我们回美国读书的时候，特意带我们来到这家小馆，特别推荐这个鸡块炖土豆汤，所以，那一次的土豆汤，我们喝得很慢很慢，临行密密缝一般，彼此嘱咐着，一直从中午喝到了黄昏。许多的味道，浓浓的，都搅拌在那土豆汤里了。

事情已经过去两个多月，这个小姑娘居然还能够如此清楚地记得我们坐的具体位置，而且还记得我们喝的是鸡块炖土豆汤，这确实让我百思不解。汤上来了，我问小姑娘，她笑笑，望望我和妻子，没有说话，转身离开。

我抿了一小口，两个多月前的味道和情景立刻又回到了眼前，熟悉而亲切，仿佛儿子就坐在面前。

那一天下午的土豆汤，我们喝得很慢。

临走的时候，我忍不住又问小姑娘，她还是那样抿着嘴微微笑着，没有回答。

又过了好几个月，树叶都渐渐变黄了，天都渐渐地冷了。那天下午，还是两点多钟，我去中关村办事，那家小馆，那个小姑娘，和那锅鸡块炖土豆汤，立刻又从沉睡中苏醒过来似的，闯进我心头。离这不远，干吗不去那里再喝一喝鸡块炖土豆汤？

因为不是饭点儿，小馆依然很清净，不过里面已经有了客人，一男一女正面对面坐着吃饭，蒸腾的热气弥漫在他们的头顶。背对着我坐着的是一个年龄颇大的男子，走近了，我发现那个女的，就是那个胖乎乎的小姑娘。她也看见了我，向我笑笑，算是打了招呼。那男的模样长得和小姑娘很像，不用说，一定是她父亲。

我要的还是鸡块炖土豆汤。因为炖汤要一些时间，我走过去和小姑娘聊天，看见他们父女俩要的也是鸡块炖土豆汤。我笑了，她也笑了。

我问："这位是你父亲？"

她点点头，有些兴奋地说："刚刚从老家来。我都和我爸爸好几年没有见了。"

"想你爸爸了！"她笑了，她的父亲也很憨厚地笑着。

难得父女相见，我能想象得出，一定是女儿跑到了北京打工好几年了，终于有了一次父女见面的机会。我不想打搅他们，但我的心里充满了感动。我忽然明白了，这个小姑娘当初为什么一下子就记住了我们和儿子，记住了我们要的土豆汤……

那一个下午，我的土豆汤喝得很慢。我看见，小姑娘和她的爸爸那一锅土豆汤也喝得很慢。亲情，在这一刻流淌着，浸润了所有的时间和空间。

第四辑

读书是一种修合

读书也是一种修合，不是给别人看的，也不是为别人读的，更不是为功名利禄读的。读书人的德性，心知书知，天知地知。

细读的妙处

读书从来有粗细快慢之分。

读书细的功夫,是阅读的基本功之一。读书要细,这个"细",说着容易,做起来很难。什么叫细?头发丝这样叫细?还是跟风一样看不见叫细?多读几遍就叫细吗?这么说,还是说不清读书要细的基本东西。不如举例说明。

已故的老作家汪曾祺先生的短篇小说《鉴赏家》,或许能够从阅读的细这方面给予我们一些启发。

小说讲述乡间一个名叫叶三的水果贩子,跟城里一个叫季匋民的画家交往的故事。这个画家家里一年四季的时令水果,都是叶三给送,所以他和画家彼此非常熟悉。有一次叶三给画家送水果,看见画家正画着一幅紫藤,开满一纸紫色的花。画家对叶三说:"我刚画完紫藤,你过来看看怎么样?"叶三看了这幅画,说:"画得好。"画家问:"怎么个好法呢?"

这就要说明什么叫细了。我们特别爱说的词是：紫藤开得真是漂亮，开得真是好看，开得真是灿烂，开得真是栩栩如生，开得真是五彩缤纷，但是，这不叫好，更不叫细，这叫形容词，或者叫陈词滥调。我们在最初阅读的时候，恰恰容易注意这些漂亮词语的堆砌，认为这些词儿用得越多，才能够形容得越生动。恰恰错了。我们还不如这叶三呢。叶三说："您画的这幅紫藤里有风。"画家一愣，说："你怎么看得出来我这紫藤里有风呢？"叶三跟画家说："您画的紫藤花是乱的。"

这就叫细。紫藤一树花是乱的，风在穿花而过。读书的时候，要格外注意这样的细微之处，这是作者日常生活的积累。作者在平常的日子里注意观察、捕捉这样的细微之处，才有可能写得这样细。细，不是只靠灵感或者才华就可以写作出来的，而是日常生活在写作中自然的转换。对于我们读者来说，在文本阅读中读得仔细，会帮助我们在生活中观察得仔细；同样，在生活中观察得仔细，也会帮助我们在阅读中读得仔细。

又有一次，画家画了一幅画，是传统的题材，耗子上灯台。画完了以后，又赶上叶三送水果来，画家说："你看看我这幅耗子上灯台怎么样。"叶三看完以后，说："您画的这只耗子是小耗子。"画家说："奇怪了，你何以分得出来？说说原因。"叶三就说："您看这耗子，它的尾巴绕在灯台上好几圈，说明它顽皮，老耗子哪儿有这个劲头，能够爬到灯台上就不错了，早没有劲头绕了。"

什么叫细？这就叫细。你看见耗子，我也看见耗子，你看见灯台，我也看见灯台了，但是，你看见了耗子的尾巴在灯台上绕了好几圈，我没有看见，这就有了粗细之分。

又有一次，画家画了一整幅泼墨的墨荷，这是画家最拿手的。他在墨荷旁又画了几个莲蓬。叶三又送水果过来，画家问他画得怎么样。画家也跟小孩一样，等着表扬呢，因为叶三是他的知音呀，但是这次叶三没有表扬，他对画家说："您呀，这次画错了。"画家说："我画了一辈子墨荷，都是这么画的，还没有人说我错。你说我错，我错在哪儿？"叶三说："我们农村有一句谚语：红花莲子白花藕，您画的这个是白荷，白莲花，还结着莲子，这就不对了，应该是开红花才对呀。"画家心下佩服，他想，叶三一年四季在田间地头与农作物打交道，人家的农业生活知识比自己来得真切！画家当即在画上抹了一笔胭脂红，白莲花变成了红莲花。

细，还在于生活的积累。没有生活知识的积累，只凭漂亮的词语是写不好文章的。叶三告诉了画家，缺乏生活知识，即使画得再细致入微，也可能是错误的，是南辕北辙的。知识是文章写作时的底气和依托。"操千曲而后晓声，观千剑而后识器"，说的就是这个道理。文字表面的细的背后，是知识的积累。这种知识，靠书本的学习，也靠生活的实践。

细读，锻炼我们的眼睛，让我们的眼睛能够看到文字背后的细微之处；也锻炼我们的心，让我们的心在日常生活之中能够细腻而温柔。

第一本书的作用力

我第一次自己买书,是花一角七分钱买了一本《少年文艺》。那时,我大概上小学四年级。

记得在《少年文艺》里,王路遥的《小星星》、王愿坚的《小游击队员》和刘绍棠的《瓜棚记》,我都很爱看。

其中有美国作家马尔兹写的一篇小说,题目叫《马戏团来到了镇上》。之所以把作者和小说的名字记得这样清楚,是因为小说特别吸引我:小镇上第一次来了一个马戏团,两个来自农村的穷孩子从来没看过马戏,非常想看,却没有钱,他们赶到镇上,帮着马戏团搬运东西,为的是换来一张入场券。他们马不停蹄地搬了一天,晚上坐在看台上,当马戏演出的时候,他们却累得睡着了。

这是我读的第一篇外国小说,它没有怎么写复杂的事情,只是集中在一件小事上:两个孩子渴望看马戏却最终也没有看成。

这样的结局，让我格外感到诧异。可以说，是这篇小说带我进入文学的领地。它在我心中引起的是一种莫名的惆怅，一种夹杂在美好与痛楚之间的忧郁的感觉，随着两个和我差不多大的孩子睡着而弥漫开来。应该承认，马尔兹是我文学入门的第一位老师。

那时候，在北京东单体育场用帆布搭起了一座马戏棚，里面正演出马戏。坐在那里的时候，我想起了马尔兹的这篇小说，曾想小说结尾为什么非要让两个和我一样大小的孩子累得睡着了呢？但是，如果真的让他们看到了马戏，我还会有这样的感觉吗？我还会爱上文学并对它开始想入非非吗？

从那时候开始，我特别想看看以前的《少年文艺》，我在西单旧书店买到了一部分，余下没有看到的各期杂志，我特意到国子监的首都图书馆借到了它们。那些个星期天的下午，无论刮风下雨，准时到国子监的图书馆借阅《少年文艺》的情景，至今记忆犹新。特别春天的时候，杨柳依依，在春雨中拂动着鹅黄色枝条的样子，仿佛就在眼前。少年时的阅读情怀，总是带着你难忘的心情，它对你的影响是一生的，是致命的。

第一本书的作用力竟然这样大，像是一艘船，载我不知不觉地并且无法抗拒地驶向远方。

进入了中学，我读的第一本书是《千家诗》。那是同学借给我的一本清末民初的线装书，每页有一幅木版插图，和那些所选的绝句相得益彰。我将一本书从头到尾都抄了下来，记得很清楚，我是抄在了一本田字格作业本上，每天在上学的路上背诵其中的一首。那是我古典文学的启蒙。

我的中学是北京有名的汇文中学，有着一百来年的历史，图书馆里的藏书很多，许多新中国成立前出版的老书，藏在图书馆里面一间储藏室里，被一把大锁紧紧地锁着。管理图书馆的高挥老师，是一个漂亮的女老师，曾经是志愿军文工团的团员，能拉一手好听的小提琴。大概看我特别爱看书吧，她便破例打开了那把大锁，让我进去随便挑书。我到现在仍然清晰地记得第一次走进那间光线幽暗的屋子里的情景，小山一样的书，杂乱无章地堆放在书架上和地上，我是第一次见到世界上居然有这样一个地方藏着这样多的书，真是被震撼了。

从尘埋网封中翻书，是那一段时期最快乐的事情。我像是跑进深山探宝的贪心汉一样，恨不得把所有的书都揽在怀中。我就是从那里找全了冰心在新中国成立前出版过的所有的文集，找到了应修人、潘漠华的诗集，庐隐、梁实秋的散文和郁达夫、柔石的小说，找到了屠格涅夫的六部长篇小说和契诃夫所有的剧本，还有泰戈尔的《新月集》《飞鸟集》和《吉檀迦利》，以及萨迪的《蔷薇园》，和日本女作家壶井荣的《蒲公英》。

记得第一次从那里走出来，沾满尘土的手里拿着两本书，我忘记了是上下两卷的《盖达尔选集》，还是两本契诃夫的小说集。我们学校图书馆的规矩是每次只能够借阅一本书，大概高老师看见了我拿着这两本书舍不得放下哪一本的样子，就对我说：两本都借你了！我喜出望外的样子，一定如同现在的孩子得到了一张心仪的歌星的演唱会票子一样。我和高老师长达近半个世纪的友情，就是这样开始的。

那时，我沉浸在那间潮湿灰暗的屋子里，常常忘记了时间。书页散发着霉味，也常常闻不到了。不到图书馆关门，高老师在我的身后微笑着打开电灯，我是不会离开的。那时，可笑的我，抄下了从那里借来的冰心的整本《往事》，还曾天真却是那样认真地写下了一篇长长的文章《论冰心的文学创作》，虽然一直悄悄地藏在笔记本中，到高中毕业，也没有敢给一个人看，却是我整个中学时代最认真的读书笔记和美好的珍藏了。在以后的日子里，有一年，曾经见到冰心先生，很想告诉她老人家这桩遥远的往事，想了想，没有好意思说。

在我初三毕业的那年暑假，我认识我们学校高三的一个学生，他的名字叫李园墙。那时，学校办了一份版报叫《百花》，每期都有他写的《童年纪事》，像散文，又像小说。我非常喜欢读，特别想认识他。就在这年的暑假，他刚刚高考完，邀请我到他家里，他向我推荐了肖平的《三月雪》《海滨的孩子》和《玉姑山下的故事》，借给我上下两册李青崖翻译的《莫泊桑小说选》。这是第一次知道法国还有个作家叫莫泊桑，他的《羊脂球》《我的叔叔于勒》《蛋蛋小姐》《月色》《一个诺曼底人》，都让我看到小说和生活的另一面。他说看完了再到他家里换别的书。我很感谢他,觉得他很了不起,看的书那么多,都是我不知道的。我渴望从他那里开阔视野,进入一个新的天地。

这两本书我看得很慢,几乎看了整整一个暑假,就在我看完这两本《莫泊桑小说选》,到他家还书的时候,他已经不在家了。他没有考上大学,被分配到南口农场上班去了。没有考上大学,不是因为学习成绩,而是因为他的家庭出身。从他家走出,我的心里很怅然。莫泊桑,这个名字一下子变得很伤感。他的小说,也让我觉得弥漫起一层世事沧桑难以预料的迷雾。

其实,说实在的,有些书,我并没有看懂,只是一些似是而非的印象和感动,但最初的那些印象,却是和现实完全不同的,它让我对未来的生活充满了想象,总觉得会有什么事情一定发生,而那一切将会是很美好的,又有着镜中花水中月那样的惆怅。我一直这样认为,青春季节的阅读,是人生之中最为美好的状态。那时,远遁尘世,又涉世未深,心思单纯,容易六根剪净,那时候的阅读,便也就容易融化在青春的血液里,镌刻在青春的生命中,让我一生受用无穷。而在这样的阅读之中,文学书籍的作用在于滋润心灵,给予温馨和美感,以及善感和敏感,是无可取代的。日后长大当然可以再来阅读这些书籍,但和青春时的阅读已是两回事,所有的感觉和吸收都是不一样的。青春季节的阅读和青春一样,都是一次性的,无法弥补。一切可以从头再来,只是安慰自己于一时的童话。

青春季节的阅读,确实是最美好的人生状态,是青春最好的保鲜和美容。但我始终以为青春的阅读，已经是较为成熟的阅读季节，它应该萌芽于童年，也就是说，童年时读的第一本书的作用力至关重要，它会是帮助你打下人生底子的书，潜移默化地影响你的一生。

读书是一种修合

英国牛津大学教授约翰·凯里，在他的《阅读的至乐》一书中这样说过："读书的特别之处在于——书籍这种媒介与电影电视媒介相比，具有不完美的缺陷。电影与电视所传递的图像几乎是完美的，看起来和它要表现的东西没有什么两样。印刷文字则不然，它们只是纸上的黑色标记，必须经过熟练读者的破译才能具有相应的意义。"

我赞同他的说法。电影和电视时代乃至网络时代的到来，使得传统的纸面阅读受到强烈冲击。约翰·凯里教授强调的"必须经过熟练读者的破译才能具有相应的意义"，对于今天我们读书而言，格外具有现实意义。他其实就是告诉我们，如今的读书已经成为一种能力，只有具备了这种能力，才能读出书本中相应的意义，才能读出乐趣。这种意义和乐趣，更注重心灵与精神的层面。

只是，我们现在常常忽视心灵与精神层面的追求，而是更加重视获取财富或职务升迁的能力。因此，阅读的能力，越来越被人们所忽略，或者仅仅沦为一种带有实用主义色彩的应试能力。与前人相比，我们读书的能力，已经大幅度退步，起码和我们对追求财富或职务升迁的渴望与热度相比，不成比例。

实际上，传统的纸面阅读，有着不可取代的独特魅力。它蕴含的古典式宁静，和在白纸黑字之间弥散着的想象力和慰藉感，是任何其他阅读方式所不可比拟的。它让我们的情感和心灵，有了一个与之呼应而充满着悠扬回声的空间。好书总能够让我们仰起头，不再只注意自己鼻尖底下那一点点，而重新看一看头顶浩瀚的天空，太阳还在明朗朗地照耀着，只不过太阳和风雨雷电同在，不要只看见了风雨雷电就以为太阳不存在了。

中华民族是一个拥有热爱读书传统的民族，读书应该成为我们民族不可或缺的生活方式之一，成为这个社会的良心，成为我们所有人感情、思想和精神的一种滋养。

读书确实是需要能力的，这种能力的学习、锻炼和培养，需要跳出实用主义的泥沼，从孩子开始，从青春开始。因为读书和种庄稼一样，也是有季节性的，过了这村就没有这店。儿童和青年时期，是最好读书的季节，最容易感受和吸收，最有利于自身心灵与精神的丰富和成长。我常会想起多年前我的读书经历和那些读过的书，便会想，如果漫长的岁月里我没有读过这些书，会是什么样的状况？也许，日子照样过，依然活到了今天，但总觉得会缺少点儿什么。什么呢？我又说不清，因为它看不见、摸不着，又显得不那么实际、实惠、实用。细想一下，大概是少了阅读带给我的那种美感、善感和敏感，以及无穷的快感和乐趣吧！

有这样两句古语我很喜欢，也常以此告诫自己。

一句是南宋诗人陆放翁的诗："晨炊躬稼米，夜读世藏书。"它能让我想起我们先人读书的情景，那时读书只是一种朴素的生活方式，一边煮自己躬身稼穑的米粥吃一边读书，而不是现在伴一杯咖啡的时髦或点缀。

一句是北京明永乐年间开业的老药铺万全堂中的一副抱柱联："修合无人见，存心有天知。"说的虽是医德，其实也可作读书的座右铭，读书也是一种修合，不是给别人看的，也不是为别人读的，更不是为功名利禄读的。读书人的德性，心知书知，天知地知。

愿把这两句古语，送与热爱读书的年轻朋友们。

少读唐诗

最早拥有的唐诗,是偷了家里5元钱买了三本书中的两本:《李白诗集》和《杜甫诗集》。那时书便宜,一本1.05元,一本0.75元。之所以选择这两本,是因为只知道李白和杜甫在唐诗里最出名,"李杜文章在,光焰万丈长"嘛。除了小学里读过李白的"床前明月光,疑是地上霜。举头望明月,低头思故乡"和杜甫的"两个黄鹂鸣翠柳,一行白鹭上青天。窗含西岭千秋雪,门泊东吴万里船"之外,对他们二位,知道的真的不多。

就这样把他们二位请回家。一个初二的学生,其实是看不大懂李白和杜甫的,就像现在的小孩子听不懂崔健和罗大佑,却还是要把他们的歌曲打入MP4或ipod里一样。这两本诗集跟随我从北京到北大荒,颠沛流离了47年,依然还完好地在我的身边。李白和杜甫就像我多年不离不弃的好友。

现在翻看这两本被雨水打湿留下水渍印迹和被岁月染得发黄

的书页，还能清晰地看到当年一个初二学生读它们时候的心迹，虽是那么的幼稚，却是那么的清纯。那些被我用鸵鸟牌天蓝色墨水画下弯弯曲曲曲线的诗句，还有我写下的自以为是的点评，并不让我感到可笑，而是让我为自己感动，因为以后读书再没有那样的纯净透明，清澈得如同没有一点渣滓的清水。

在李白的《横江词》里，我在这样三句诗下画了曲线："一风三日吹倒山""一水牵愁万里长""涛似连天喷雪来"。一句写风，一句写水，一句写浪，三句都用夸张的修辞方法，但一句是直接用夸张，将山吹倒；一句则用拟人，用手将愁牵来；一句则用比喻，把浪涛涌来比成喷雪。和那样年纪的孩子一样，我那时对诗的内容是忽略不计的，感兴趣的是词儿，希望学到好词汇，就像愿意穿漂亮的新衣裳一样，希望把这些好词儿穿在自己的作文上。

在《登太白峰》里，我在"举手可近月，前行若无山"句子下画了曲线。一样，还是夸张的好词儿。

但在《赠从弟洌》里，我却在这样两联诗下画了线："楚人不识凤，重价求山鸡"；"桃李寒未开，幽关岂来蹊"。李白当年怀才不遇，竟然和我共鸣。整个一个少年不识愁滋味，为赋新诗强说愁。也许，这正是那个年纪的小孩子常见的心态，并不是真的懂得了李白，不过是感时花溅泪罢了。

在《与夏十二登岳阳楼》里，我画下这样一句："雁引愁心去，山衔好月来。"这一句，我记忆最深，不仅因为对仗工整，每一个词用得都恰如其分，又恰到好处，一个"雁引"，一个"月来"，画面又如此的清晰；一个"引"字，一个"衔"字，动词用得是那样的生动别致。更重要的是，这句诗给我一个启发，忧愁也好，苦闷也罢，一切不如意的，都会过去，而美好总还存在和会到来的。我就是这样鼓励自己，以至日后我到北大荒插队的时候，在艰苦的环境之中，我抄下这句诗给我的同学，彼此鼓励。

在《侠客行》里，我画的诗句是"三杯吐然诺，五岳倒为轻"，就真的是我自己真心的向往了，将诺言作为吐出的吐沫钉天的星，是那时的一种情怀，也是追求的一种境界。

那时，最喜欢的李白的诗，还是《寄东鲁二稚子》。在这首诗里，我在好几句诗下画了线："南风吹归心，飞堕酒楼前。楼东一株桃，枝叶拂青烟。此树我所种，别来向三年……"我还特别在"向"字上画了圆圈，旁边注上了一个字："近"。这是李白想念他的两个孩子的诗，写得朴素而情真。我开始明白了一点点，好词儿不是唯一，感情的真切才是重要的呢。

在《翰林读书言怀呈集贤诸学士》里，我画下这样一句："片言苟会心，掩卷忽而笑"，便是那时读李白时真实的写照了。那时读书真的能够给予自己那么多会心的欢乐。

对于杜甫，少年时是理解不了的。虽然，课堂上学过《石壕吏》，但不认为那就是杜甫最好的诗篇。在这本《杜甫诗集》里，在《北征》等长诗里有详细的注音注解，但印象并不深，不深的原因是不懂，也不能要求一个十几岁的少年懂得那时沉郁沧桑的杜甫。

印象深的，还是杜甫对于感情的表达很是真切。《后出塞》中"战伐有功业，焉能守旧丘"，《月夜忆舍弟》中"露从今夜白，月是故乡明"，《彭衙行》中"谁肯艰难际，豁达露心肝"，《登高》中"无边落木萧萧下，不尽长江滚滚来"……的句子下面，都被我画下了曲线。"战伐有功业，焉能守旧丘"和"谁肯艰难际，豁达露心肝"，心情表达得直白明确，却那样让人感动；"露从今夜白，月是故乡明"和"无边落木萧萧下，不尽长江滚滚来"，则那样的情景交融，那样让人难忘。

也在《梦李白》中的"冠盖满京华，斯人独憔悴"下画了曲线，但实际上是似懂非懂的，只不过那时读了冰心的小说，其中一篇题目是"斯人独憔悴"而已。

杜甫诗中最难忘的，是《赠卫八处士》。那时全诗背诵过，但也未见得真正懂得。逐渐明白其中的含义，应该是在以后的日子里，特别是到了北大荒插队，有了一些人生的颠簸和朋友的星云流散之后，才多少明白一点儿"人生不相见，动如参与商"，"夜雨剪春韭，新炊间黄粱，主称见面难，一举累十觞"的意思。而"访旧半为鬼，惊呼热中肠"，则更是在以后，面对许多亲人相继离去的情景才有所感悟。"明日隔山岳，世事两茫茫"，是那一阵子我心里常有伤怀感时的感慨。但我要感谢少年之时读过背过这首诗，让我日后的日子里心情有所寄托和抒发，那不仅是诗的寄托,更是民族古老情怀和血脉的延续和承继。

有意思的是,在这本《杜甫诗集》里,夹着一小页已经发黄的纸,上面开始用红墨水笔写着写着,没水了,接着用铅笔写下正反两面密密麻麻的小字,是我读孟郊的诗的一些感想。现在回忆起来,大概是上高中时的事情了。不知道为什么夹在这里,经历了几十年的岁月,竟然完整无缺地还保存在这里。应该说,还是要感谢《李白诗集》和《杜甫诗集》这两本书,因为对唐诗的喜爱,是从这里开始的。可以说,没有李白和杜甫,不可能有以后的孟郊。

将这一页抄录如下——

一提起"郊寒岛瘦"来,孟郊的诗可谓是瘦石巉岩,苦吟为多。"万俗皆走圆,一身犹学方""小人智虑险,平地生太行"的对人世的感慨,以及"抽壮无一线,剪怀盈千刀""触绪无新心,丛悲有余忆"的感叹,几乎在孟郊的诗集中比比皆是。但这样一位苦吟诗人也不乏清新的小诗,脍炙人口、传之于世的"春风得意马蹄疾""月明直照嵩山雪",或者是形容那"吹霞弄日光不定,暖得曲身成直身"的炭火。但我以为,更清新的诗似乎被弄掉了。试举一例说明——《游子》一诗四句:"萱草生堂阶,游子行天涯。慈母倚堂门,不见萱草花。"艳阳春光,堂前春草,相争而出,然而慈母却都没有看见,因为她看的不是这咫尺之近的萱草花,而是远游未归的游子。从眼前有之物,写出无限之情。

天呀,那时怎么竟是如此地自以为是,把刚刚从老师那里学到的一点东西,就可以这样激扬文字,挥斥方遒,指点起唐诗来了。

少读宋词

那时，5元钱买三本书，还能剩下钱。那时，我上初中二年级，偷了家里的5元钱，跑到了新华书店，买了三本书。回到家里，挨了爸爸的一顿打。大概那是生平第一次挨打。我牢牢地记住了那滋味，30多年过去了，许多书在岁月的迁徙中丢失了，这三本书却一直保存着。书的封面和里面的书页已经卷角或破损，那是青春和时光留下的纪念。

这三本书中，有一本是中华书局出版的《宋词选》，胡云翼先生选注。因为在买书之前，我刚刚在学校的图书馆里看到胡先生在三十年代写过的散文，一看他不仅写散文，还选注宋词，便买下了这本书。小孩子买书，主要凭兴趣和好奇心的驱使。

我很喜欢这本《宋词选》，即使30多年过去了，以后我见过其他宋词的选本，我依然认为这本选本最有特点。虽然，在当时的时代大背景下，里面的前言和注解有一些硬贴上去的政治色彩，但总体上选择精当，前言论述宋词发展的脉络清晰，每位词家前面的介绍，文字不多，却学问精深，有很多史料价值。

那时，我每天晚上读这本书上的一首宋词，然后抄在一张纸条上。第二天早上上学时带在衣袋里，在路上背诵。

我好长时间上学是走路去，要走半个小时到学校，这半个小时足够把这首宋词背下来了。"无可奈何花落去，似曾相识燕归来。小园香径独徘徊。"（晏殊《浣溪沙》）"舞低杨柳楼心月，歌尽桃花扇底风。"（晏几道《鹧鸪天》）"会挽雕弓如满月，西北望，射天狼。"（苏轼《江城子》）"天涯也有江南信，梅破知春近。"（黄庭坚《虞美人》）"无奈归心，暗随流水到天涯。"（秦观《望海潮》）"九万里风鹏正举。风休住，蓬舟吹取三山去。"（李清照《渔家傲》）……多少美妙无比的宋词，都是在这上学的路上背诵下来的。有这些宋词相伴，那些个日子真是惬意得很。一张张抄满宋词的小纸条揣在我的衣袋里，沉醉在悠悠宋朝的春风秋雨落花流水之中，上学一路，身旁闪过车水马龙喧嚣的街景，便都熟视无睹，或都幻作宋代的勾栏瓦舍。半个小时的路，一下子显得短了许多，也轻快了许多。

"少年不识愁滋味"。那时，我正是不知天高地厚的年龄，对于宋词，我喜欢辛弃疾，喜欢秦观，喜欢辛弃疾的阳刚之气，喜欢秦观的阴柔之美。秦观的《鹊桥仙》和《踏莎行》用精美的意象和朴素的词句传达了人类共同拥有的感情，那时我背得滚瓜烂熟，"金风玉露一相逢，便胜却人间无数"，"两情若是久长时,又岂在朝朝暮暮","雾失楼台,月迷津渡,桃源望断无寻处"……即使到现在依然记忆犹新。

辛弃疾的许多词句更令我心怦然而动:"落日楼头,断鸿声里,江南游子,把吴钩看了,栏杆拍遍,无人会,登临意","斫去桂婆娑,人道是,清光更多","青山遮不住,毕竟东流去","闲愁最苦,休去倚危杆,斜阳正在,烟柳断肠处","江头未是风波恶,别有人间行路难","醉里挑灯看剑,梦回吹角连营。八百里分麾下炙,五十弦翻塞外声,沙场秋点兵","何处望神州,满眼风光北固楼。千古兴亡多少事,悠悠,不尽长江滚滚流"……

不用说,喜欢辛弃疾的这些词,染上了我初中二年级学生心中向往和想象的色彩,和辛弃疾一起登上建康赏心亭、赣州造口壁、京口北固楼,以及带湖的那轩窗临水、小舟行钓、春可观梅、秋可餐菊的稼轩新居。那种词句和心境合二为一的情景,大概只有在初中二年级读书时才会拥有,那些妙不可言的词句刻在青春的轨迹上,到现在也难以磨灭。

那时,我最喜欢辛弃疾的《八声甘州》一词,是辛弃疾夜读《李广传》的感慨,那里融有太多辛弃疾自身的心迹和心声。李广抗击匈奴战功卓著,却不仅未被封侯,反倒被罢免职务,被迫自杀。这与辛弃疾抗金大志未遂而落职赋闲回家的境遇一样,词便写得感情浓重,苍老沉郁:"故将军饮罢夜归来,长亭解雕鞍。恨灞陵醉尉,匆匆未识,桃李无言。……谁向桑麻杜曲,要短衣匹马,移住南山?看风流慷慨,谈笑过残年。汉开边,功名万里,甚当时,健者也曾闲。纱窗外,斜风细雨,一阵轻寒。"

当时也不知看懂看不懂,只清晰记得读罢这首词让我心里怅然许久,尤其是最后一句"纱窗外,斜风细雨,一阵轻寒",仿佛那寒冷的斜风细雨也扑打在我窗前。其实,当时以一个少年的心情触摸老年的心事,自然难免雾中看花;世事沧桑,人生况味,只有到今天方才领悟一点点。领悟到这点点,但已经很难再有读书时那种感同身受般的境界和那种风雨扑窗的情景,以及遥望历史追寻辞章的梦幻了。

这是没办法的事,人长大的过程中,得到一些什么也必然要失去一些什么,就像狗熊掰棒子,不可能把所有的棒子都抱在怀里。

借书奇遇

那是33年前,即1971年的冬天,我记得非常清楚,那时候我还在2队的猪号里干活,有一天晚上,刮起了铺天盖地的大烟泡。我刚刚吃完晚饭没一会儿,我住的小屋的门被推开了,我的同学连桂丛一身雪花地出现在我的面前。

他不容分说,匆忙地拉着我就走,连假都没来得及请。外边的雪下得正猛,我们两人冲进风雪中,白茫茫的一片,我们立刻就被吞没了。

一路上我才知道,他们兽医站有一个叫曹大肚子的人,他对我的这个同学讲:你让你的那个同学肖复兴来找我,他不是爱看书吗?

第二天一清早,曹大肚子出现在我们的面前,他中等个儿,很胖,穿着一身旧军装,挺着小山般凸起的大肚子,双手背在身后,眼睛望着上面,似乎根本没有看我,有几分傲慢地问我:

"你都想看什么书呀？写个书单子给我吧！"

我当时心想，莫非这个家伙真有藏书，还是驴死不倒架摆这个派头？因为我知道他以前是我们农场办公室的主任，当过志愿军，1958年10万转业官兵到北大荒的时候，从辽宁的沈阳军区来到了这里，"文化大革命"倒了霉，被打成"走资派"批斗之后，发配到兽医站钉马掌。但他那口气似乎不容置疑，半信半疑之中，我写下3本书的书名。到现在我依然清晰地记得：一本是亚里士多德的《诗学》，一本是伊萨科夫斯基的《论诗的秘密》，一本是艾青的《诗论》。说老实话，我心里是想难为他一下，别那么牛，这3本书当时就是在北京也不好找，别说在这荒凉的北大荒了。

谁想到，第二天一清早，他把用报纸包着的3本书递到我的手中，打开一看，一本不差，还真的是这3本书。我对他不敢小看，不知水到底有多深！

在北大荒最后的两年，曹大肚子那里成了我的图书馆。但是，每一次借书，他都要我写个书单子，他回家去找，这成了一个雷打不动的规矩。一般他都能够找到，如果找不到，他就找几本相似的书借我。他从不邀请我到他家直接借书。我也理解，既然藏着这么多的书，他肯定不想让人知道，要知道那时候这些书都属于"封资修"，谁想惹火烧身呀？况且，那时候，他正在倒霉，一顶"走资派"的帽子拿在群众的手里，什么时候想给他扣上就能够扣上。如果加上他借这样的书给我，一条罪状：腐蚀知识青年，就够他喝上一壶的了。我便和他一直保持着这样的借书关系，每次都跟地下工作者在秘密交换情报似的。

心里总是充满着好奇，这家伙到底藏着多少书？便蠢蠢欲动总想到他家里去看个究竟。这样的念头就像是皮球一次次被我摁进水里，又一次次地浮出水面。

1974年的春天我离开北大荒，就在我离开之前的那年秋天，我下决心不请自来地到他家里去一探虚实。到现在也忘不了那个晚上，我刚刚推开他家的篱笆门，一条大黄狗就汪汪叫着扑了上来，吓得我连连后退，可那大黄狗还是一步就蹿了上来，一口咬在我的右腿上，把我扑倒在地。曹大肚子两口子闻声跑了出来，一看是我，把狗唤住牵过去后忙问：咬着没有？幸亏我穿着秋裤，才没咬伤我的肉。不过，外面的裤子和里面的秋裤都被咬了个大口子。曹大肚子只好无可奈何地把我迎进门。

一进屋，我就四下打量，一间屋子半间炕，几把破椅子，一个长条柜，那些书都藏在哪里呢？莫非就像是安徒生的童话，伸手即来，撒手即去吗？曹大肚子的老婆让我脱下裤子，好用缝纫机帮我把那大口子缝上，曹大肚子把我请上热炕，给我倒了一杯热水，他那个小闺女一直在一旁好奇地望着我。我的心还在他的那些藏书上面呢，根本没有怎么注意他们这一家三口。我开始怀疑那个大长条柜，会不会把书藏在那里面？就像阿里巴巴的那个宝洞，只是喊一声"芝麻开门"，就能够向我敞开里面的秘密？

曹大肚子知道我到他家来的目的，只是我自己竟然摸到他家，让他没有料到。他还是像平常那样不动声色，递给我一张纸和一支笔，依然是老规矩，让我先写书名，然后拿起我写的书单子，没有任何表情地说了一句："我帮你找找看。"看来我被他家狗咬的惊险举动，根本没有感动他。

那次，我写的是陈登科的《风雷》、费定的《城与年》等几个书名。他让我等着，自己一个人走出了屋。他老婆在里屋踩着缝纫机替我补被狗咬破的裤子，一时没注意我，缝纫机的声音很响，像是我怦怦的心跳声，我犹豫了一下，还是穿着一条秋裤，悄悄地跟着他走出了屋，只见他走进他家屋旁的一间小偏厦，那是一般家里放杂物和蔬菜的仓库。门很矮，他凸起的肚子很碍事，弯腰走进去有些艰难。看他进去了半天，我在犹豫是不是也跟着进去。

走进偏厦一看，好家伙，满满一地都是用木板子钉的箱子，足足十几个，里面装的全是书。那一刻，我真的有些震惊，想不到一个老北大荒人，在那样偏僻的地方，居然能够拥有这么多的书，而且把这么多的书藏了下来，这得花多少工夫、精力和财力才能够做到啊！

从此，他家对我门户开放。在以后的日子里，我曾经写过一本小说，叫作《北大荒奇遇》。有人曾经问过我：北大荒真的发生过什么奇遇吗？现在想想，如果说我在北大荒真有什么奇遇的话，到曹大肚子家去探宝，该算是一桩吧！

偷读禁书的滋味

我永远也忘记不了1966年夏天那场大火,面对它,我心中的震撼无异于简·爱面对桑菲尔德的弥天大火。

那一年,我正读高三,我悲观地以为再也读不到我所钟爱的书了。

就在那一年的冬天,我在校园里的甬道上偶然遇到了负责图书馆的高挥老师。她一直对我很好,但也因此为我受到委屈,以前破例允许我进图书馆的储藏室里去翻书、借书,"文化大革命"刚开始时,就因为这一条,有人贴出大字报,批判她是在培养修正主义的黑苗子。高老师为此也吃了不少苦头。

没想到,她见到我,聊了几句后,突然,她伏在我的耳边,悄悄地对我说了这样的一句话:"你还想看什么书,告诉我。"

当时,我特别奇怪,图书馆早已经被贴上了封条,严加封锁,莫非还能够出现奇迹,让我重新进去翻书、借书?

看见我疑惑的眼光,高老师笑笑对我说:"图书馆的钥匙不还在我手里吗?"

于是,我开始了有生以来最奇特的一段借书经历。我把想要看的书目写在一张纸条上,悄悄放在学校传达室里,高老师按照纸条上的书目替我进图书馆里去找,找到了,把书用报纸包好,放在传达室里,我再去取。一次次的重复,在悄悄地进行着,所有的秘密,除了我和高老师,就只有传达室的老大爷知道了。那情景颇似电影里看到过的地下工作者在秘密地传递情报,现在的年轻人大概永远也体会不到其中奇特的滋味了。

在饥饿中,哪怕是一点食物,也会让你食欲大开,饥不择食地狼吞虎咽。我对于书籍,从来没有感到是那么的珍贵过。对比东单体育场的大火,书籍也显示着它们更为强大的力量,地火一样潜藏着,暗暗地燃烧着,滋养着我,也鼓励着我。

那一个冬天和一个春天,一直到夏天我到北大荒插队,离开了北京,我从高老师那里借出了契诃夫的剧本集、小说集,普希金诗集,莱蒙托夫诗集,赫尔岑的《喜鹊贼》《谁之罪》,柯罗连科的《盲音乐家》,李贺和李商隐的诗集以及屠格涅夫包括《罗亭》《贵族之家》《烟》在内的六部长篇小说。在那些大雪拥门和春雨潇潇的日子里,那些书带给我的感受,是以后读书再也难以体味到的。偷读禁书的滋味,给人神秘的感觉,让我年轻的心小鹿撞怀般怦怦跳动不已。

这样的阅读,让我度过了那段艰难却又有意义的读书生涯,一直到我去北大荒也未结束。我去北大荒的时候，带走家里两个箱子，其中一箱装的都是书，同学送我一个外号"肖箱子"，取"潇湘子"的谐音，自然是对我的谐谑。箱子里就有学校图书馆里的赫尔岑的《谁之罪》、屠格涅夫的《罗亭》和《三家评注李长吉》几本书。高老师明明知道我偷偷地把它们带到了北大荒，没有还给她，但她什么也没有说。

我永远感谢高挥老师，在我的读书经历中，在我的人生经历中，她所起的作用是无可比拟的。现在，偶尔母校邀请我去讲课，路过校园里的甬道，我总会想起高挥老师，想起那年冬天她站在那里悄悄对我说过的话。那时，她是多么的年轻，多么的秀气！有些事情，就是这样定格在岁月和记忆中，永远不会消逝。前几年，我才知道她的丈夫是北京电影制片厂大名鼎鼎的化妆师王希钟先生，电影里（包括《建国大业》）许多伟人的造型和化妆，都出自他手。要说他的名气比高挥老师大多了，但在我的心中，高挥老师的名气永远比他大。

一生读书始于诗

对孩子的启蒙，如今有人鼓吹《百家姓》《弟子规》，甚至《论语》，似乎只有在那里才可以找到民族文化的源头，和孩子今天成长的需要对接。其实，那里不少内容对今天的孩子并不那么适合——可惜人们总喜欢走回头路，用一些不切实际的东西，教孩子面对今天的世界。

在我看来，对于孩子的启蒙，我们过于偏重道德与处世。处世，是实用主义的；道德，又是儒家旧式的。我们常常忽略的，是对孩子精神与心灵方面的滋养。因此，我们现在的孩子，过于实际、实用、实惠。

其实，中国是一个有着悠久历史的诗的国度，而对于孩子精神与心灵的启蒙，最好的路径莫过于诗的教化，不仅形象生动，易学好懂，而且，潜移默化之中，审美滋润之中，影响人的一生。过去的《千家诗》《唐诗三百首》的版本，广为流传，如今，我们却舍弃诗的教化传统，拾起《弟子规》的老一套去让孩子接受，是否有些南辕北辙呢？

　　诗的教育，最好莫过于唐诗，唐诗里，最好莫过于绝句。以李白绝句为例，浅显流畅，充满想象，最适合孩子读。古人曾经有这样的高度评价："太白绝句，每篇只与人别，如《闻王昌龄左迁龙标遥有此寄》《送孟浩然之广陵》等作，体格无一分形似。奇节风格，万世一人。"

　　上面说的两篇，都是李白写的送别诗。送别的对象不同，情景不同，背景不同，心情不同，诗便不尽相同。看看李白如何写送别诗的，又是怎么样做到"体格无一分形似"的，会让我们的孩子感受到情感的细致与别致，由此从小学会体味并珍惜情感，使一颗心变得日渐丰富与充盈起来。

　　比如先看《闻王昌龄左迁龙标遥有此寄》：

　　　　杨花落尽子规啼，闻道龙标过五溪。
　　　　我寄愁心与明月，随风直到夜郎西。

　　头一句写时间，是春末时分；第二句写地点。虽"杨花落尽子规啼"，以景带情，又道出送别的时间，写出几分离愁别绪的哀婉惆怅。但最好的还是最后两句，将李白送别的感情发挥得淋漓尽致。

　　试想，如果将这两句改成：我寄愁心去，直到夜郎西。

还会有如此效果？肯定不会。少了"月"和"风"这两样景物的衬托，感情便显单薄。在这里，"月"和"风"便显得如此举足轻重起来。"愁心"借"明月"遣怀，和"明月"融为一体，"愁心"，即我们常说的看不见摸不着的抽象的心情，便有了依附，如明月一般，看得见、摸得着了。这样的心情，再随风一起飘逸，和王昌龄一起，不远千里到了贵州，该是多么动人和感人！

再来看《送孟浩然之广陵》：

故人西辞黄鹤楼，烟花三月下扬州。
孤帆远影碧空尽，唯见长江天际流。

同样写送别，如果同样借用长江来写心情，说我送你的心情和江水一样滚滚而流，一直伴随你到了扬州，李白就做不到"体格无一分形似"了。在这里，第一、二句同样写地点与时间，关键是后两句，李白没有用常见的比喻，而是实情实景实录，人走了，船都看不见影子了，李白还站在那里望呢。这是一种什么样的心情？所谓依依惜别，在这里定格成了一幅生动的画。

如果只有前一句"孤帆远影碧空尽"，没有下一句"唯见长江天际流"，便仅仅是单摆浮搁的送别。有了这下一句，情感才在情境之中凸现，人看不见了，船看不见了，思念却如长江之水从天边涌来，不了之情，滚滚不尽，像音乐一样，有着余音袅袅的意境。

很显然,前一句可以是一幅画;有了后一句,才成了一首诗。过于实际,让我们已经失去了李白和唐诗里情感的深切,与意境的蕴藉了。

我们还可以再来看李白的另一首送别诗《赠汪伦》,这首诗曾经选入小学课本里,更为我们耳熟能详:

李白乘舟将欲行,忽闻岸上踏歌声。
桃花潭水深千尺,不及汪伦送我情。

这一首,李白用了我们最爱用也是最常用的比喻,把汪伦送别之时给予李白的友情,夸张地比喻成千尺之深的潭水。

如果仅仅是这样,我觉得不会成为李白的千古绝唱,这首诗的奥妙之处,不在于比喻和夸张,在于李白把这池潭水不是写成了一般的潭水,而是写成了"桃花潭水"。虽然,只是比潭水多了"桃花"二字,却一下子神奇了起来,潭水和送别都一下子不同凡响。

或许,潭水池边,确种有桃树,即使没有桃树,因有了桃花的前置词衬于潭水之前,使得潭水有了特定的能指。我们便也可以想象,桃花盛开,一阵风过,桃花瓣瓣飘落在潭水之上,映得潭水一片嫣红。如此美景之下,汪伦出场了,踏着歌声来为李白送别,这是一幅多么美丽的画面。这样的画面,古风悠悠,将感情巧妙地融入了斑斓的色彩之中，便超越了仅仅一般的情景交融。

试想一下，潭水之前，我们不用"桃花"一词来衬，用任何一词试试，比如"一潭池水深千尺"，或"梨花""杏花""茶花""梅花"……还会有这样的诗意吗？没有了，改用任何一个别的词语，都没有桃花来得贴切和传神。这就是中国语言和中国情感表达的微妙之处。

我们守着李白，守着唐诗这样宝贵的财富，却仅仅把它们当作语文考试的题目。我们过于实际、实惠和实用，以为诗是最无用的东西，于是丢弃诗的教育。如果我们真的重视孩子的启蒙，我以为当前最需要的不是《弟子规》，也不是《论语》，从唐诗入手，才是最佳的选择。

藏书与扔书

少年时家穷，没有几本书。第一次见到那样多的书，而且是藏在有玻璃门的书柜里，是我到一个同学家里，他父亲是当时《北京日报》的总编辑周游。那时，真的很羡慕。渴望坐拥书城，是少年的梦想，也是那时的虚荣。

第一次买的像样点儿的书，一本是复旦大学中文系编选的《李白诗选》，一本是冯至编选的《杜甫诗选》，一本是游国恩编选的《陆游诗选》，一本是胡云翼编选的《宋词选》。定价分别是1元5分，7角5分，8角，1元3角。现在看价钱不贵，当时对于我已属奢侈，是偷得家里一张5元钱的票子买下的，为此屁股挨了一顿父亲的鞋底子。

那时，我读初二。那时，家里没有书架，更不用说书柜，是父亲和弟弟动手，用烧红的火筷子穿透两根竹竿，再搭上一块木板，权且当书架。只有一层，前后可以放两排书，书架下面，是我家的米缸。精神食粮和物质食粮，都有了。

从北大荒插队回北京当老师，第一个月的工资，我买了一个书架，花了22元，那时我的工资是42元半。这是我的第一个书架。如果说我真有什么藏书的话，是后来花了20元买了一套人民文学出版社1956年版十卷本的《鲁迅全集》，是旧书。之所以书架和这些书的价钱记得那样清楚，是因为它们毕竟都属于第一次。虽然屡次搬家丢弃了很多东西，它们却一直如影相随，还跟在我的身边。

我不是藏书家，对藏书没有任何奢望。我只是一个作者兼读者。买书，便成为生活中如买菜一样经常的事情。随着日子和年龄一起积累，家里的书越发多，不胜其累，清理旧书便迫在眉睫。我发现不少书其实真的是没用，既没有收藏价值，也没有阅读价值，有些根本连翻都没翻过，只是平添了日子落上的灰尘。便想起曾经看过的田汉话剧《丽人行》，有这样的一个细节：丽人和一商人同居，开始时，家中的书架上，商人投其所好摆满的都是琳琅满目的书籍，但到了后来，书架上摆满的就都是丽人形形色色的高跟鞋了。心里不禁嘲笑自己，和那丽人何其相似，不少书不过也是充当了摆设而已。藏书而不读，藏书便没有什么价值。于是，便开始了一次次处理掉那些无用的书或自己根本不看的书，然后毫不留情地把它们扔掉。

我相信很多人会和我一样，藏书的过程，就是不断扔书的过程。藏书和扔书并存，是一枚硬币的两面。

书买来是给自己看的,不是给别人看的。正经的读书人(刨去藏书家),应该是书越看越少,越看越薄才是。再多的书中,能够让你想翻第二遍的,就如同能够让你想见第二遍的好女人一样的少。想明白了这一点,贴满两面墙的书柜里,填鸭一般塞满的那些书,有枣一棍子没枣一棒子买来的那些书,不是你的六宫粉黛,不是你的列阵将士,不是你的秘籍珍宝,是真真用不了那么多的。在扔书的过程中,我这样劝解自己:没有什么舍不得的,你不是在丢弃多年的老友和发小儿,也不是抛下结发的老妻或新欢,你只是摈弃那些虚张声势的无用之别名,和以为书中自有颜如玉、书中自有黄金屋的虚妄和虚荣,以及名利之间以文字涂饰的文绉绉的欲望。

　　对于我,这些年,扔掉的书,比现存的藏书,肯定要多。尽管这样,幸存的书依然占有我家整整10个书柜。我下定决心,一定要做一次彻底的清理,坚决扔掉那些可有可无的书。只有扔掉书之后,方才能够水落石出一般彰显出藏书的价值和意义。一次次淘汰之后,剩下的那些书,才可以称之为藏书,它们与我不离不弃,显示了它们对于我的作用,是其他书无可取代的;我与它们形影不离,说明了我对它们的感情,是长期日子中相互依存和彼此镜鉴的结果。这样的书,便如同由日子磨出的足下老茧,不是装点在面孔上的美人痣,为的不是好看,而是走路时有用。

　　我心中存留的藏书,大概有一个书目:《鲁迅全集》,包括后来买的《鲁迅书信集》,《孙犁文集》,《契诃夫文集》,

《泰戈尔文集》,《史记》,《诗经》,《楚辞》,《唐诗选》,《宋诗选》。还有刚刚粉碎"四人帮"时在王府井新华书店买的诸如雨果的《九三年》、托尔斯泰的《战争与和平》、陀思妥耶夫斯基的《被侮辱与被损害的》、上下两卷的《巴乌斯托夫斯基选集》等一批外国文学名著。那是我文学的启蒙和写作的老师。此外,我会留下最近这些年新买的而且一直放在床头带在身边的钱仲联编注的陆游的《剑南诗稿》八卷,浦起龙编注的《读杜心解》两卷,以及当代为数不多的相识和不相识的中外作家学者的代表新著。我想,这些足够我晚年翻阅的了。

当然,《李白诗选》《杜甫诗选》《陆游诗选》《宋词选》那4本书,会在我的保存书目之列,因为那是我的少年藏书,而且,跟着我从北京到北大荒,又从北大荒到北京,风雪中的颠簸,已经有50多年。它们已经很破旧了。如果说藏书,它们才真正是我的藏书,或者有资格说是藏书。

冬夜重读史铁生

史铁生是去年年底离开我们的。今年这个时候,我的弟弟离开了我。在这种时候,别的书都看不下去,唯有铁生的书常常忍不住地翻看。我是把它们都当作自己的兄弟,十指连心的疼痛,弥漫在纸页间。

在《我与地坛》的开篇中,铁生先是这样写了一段地坛的景物:"四百多年里,它一面剥蚀了古殿檐头浮夸的琉璃,淡褪了门壁上炫耀的朱红,坍圮了一段段高墙又散落了玉砌雕栏,祭坛四周的老柏树愈见苍幽,到处的野草荒藤也都茂盛得自在坦荡。"然后,他紧接着说:"这时候想必我是该来了。"

他来了,他去了,又来了。每一次读到这里,我都格外心动。总觉得像电影一样,在地坛颓败而静谧的空镜头之后,他摇着轮椅出场了。或者,恰如定音鼓响彻寂静的地坛古园一样,将悠扬的回音荡漾在我的心里，注定了他与地坛命中契合难舍的关系。当代作家中，哪一位有如此一个和自己撕心裂肺打断了骨头连着筋的特定场景，从而使得一个普通的场景具有了文学和人生超拔的意义，而成为一个独特的意象？就像陆放翁的沈园，就像鲁迅的百草园，就像约翰·列侬的草莓园，就像凡·高的阿尔镇。

我想起我的弟弟，17岁独自去了青海油田，在他临终前嘱咐家人一定要把他的骨灰撒回柴达木。我庆幸，他和铁生一样都能魂归其所，而不像我们很多人神不守舍，魂无所依。

在史铁生的作品里，母亲是一个最动人和感人的形象。母亲49岁的时候过早地离开了人世后，在《我与地坛》中，有这样两段描写。

一段是——

"摇着轮椅在园中慢慢走，又是雾罩的清晨，又是骄阳高悬的白昼，我只想着一件事：母亲已经不在了。在老柏树旁停下，在草地上在颓墙边停下，又是处处虫鸣的午后，又是鸟儿归巢的傍晚，我心里只默念着一句话：可是母亲已经不在了。把椅背放倒，躺下，似睡非睡挨到日没，坐起来，心神恍惚，呆呆地直坐到古祭坛上落满黑暗然后再渐渐浮起月光，心里才有点儿明白：母亲不能再来这园中找我了。"

一段是——

"有一年，十月的风又翻动起安详的落叶，我在园中读书，听见两个散步的老人说：'没想到这园子有这么大。'我放下书，想，这么大一座园子，要在其中找到她的儿子，母亲走过了多少焦灼的路。多年来我头一次意识到，这园中不单是处处都有过我的车辙，有过我的车辙的地方也都有过母亲的脚印。"

后一段，体现了铁生的心地的敏感，从两个散步老人的一句简单而普通的话语里，涌出对母亲由衷的感恩和悔恨之情。敏感的前提，是善感。也就是说，是海绵才有可能吸附水分，水泥板花岗岩，哪怕是再华丽的水磨石方砖，是无法吸附水分的，而只能让哪怕再晶莹剔透的水珠凭空流逝。缺乏这样善感的心地与真情，使得不少写作成为搭积木和变魔术的技术活儿，或者化装舞会上和摆满座签的领奖席上花红柳绿的邀宠或争宠般的热闹。

前一段，排比句式的景物中几次慨叹："可是母亲已经不在了。"都会让我心沉重。在这样重复的喟然长叹中，那些景物：地坛中的老柏树、草地的颓墙、虫鸣的午后、鸟儿归巢的傍晚，以及古祭坛上的黑暗与月光，才一一有了意义，这意义便是这一切附着上母亲的身影。因此，可以说，地坛是史铁生的，也是母亲的，因有这样的一位母亲而让地坛带有伤感无奈却又坚韧伟大的别样情怀。

每次读到这里，我都会忍不住想起铁生在他的《记忆与印象》中的《一个人形空白》里的一段："我双腿瘫痪后悄悄地学写作，母亲知道了，跟我说：她年轻时的理想也是写作。这样说时，我见她脸上的笑……那样惭愧地张望四周，看窗上的夕阳，看院中的老海棠树。但老海棠树已经枯死，枝干上爬满豆蔓，开着单薄的豆花。"

如今，重读这一段，我想起铁生，也想起他的母亲，窗上的夕阳，枯死的老海棠树，老海棠树枝干上爬满的豆蔓，开着单薄的豆花，便一下子都成了母亲那一刻百感交集又无法诉说的心情与感情的对应物，好像它们就是为了衬托母亲的心情与感情，故意立在院子里，帮助铁生点石成金。这是怎样的一位母亲呀，可以这样说，是母亲的悲惨命运和与生俱来的气质与情怀，造就了作家的史铁生。我坚定地认为，没有母亲，便没有史铁生的地坛。

忍不住，也想起我的母亲。母亲走得太早，那一年，我5岁，而弟弟才2岁。穿着孝服，我牵着弟弟的手站在院子里，院子里没有海棠树，没有豆蔓和豆花，只有一株老槐树落满一地槐花。

由生活具象而思考为带有哲理性的抽象，是铁生愿意做的，也是铁生作品的魅力，更是和我们一般写作者的区别，如同真正的大海一步迈过了貌似精致却雕琢的蘑菇泳池。他便从一己的命运扩大为更为轩豁的世界，而使得他的作品有了思想的含量，不像我们的一样轻飘飘、甜腻腻，或皮相的花里胡哨。他爱说人间戏剧，而不是像我们那样自恋得只会舔自己的尾巴、弄自己的发型、扭自己的腰身和新书的腰封。

在《想念地坛》这则文章里，铁生想念地坛里的那些老柏树，他从它们"历无数春秋寒暑依旧镇定自若，不为流光掠影所迷"中，将其品质出人意料地抽象为"柔弱"。他进而说："柔弱是爱者的独信。""柔弱，是信者仰慕神恩的心情，静聆神命的姿态。"他说："倘那老柏树无风自摇岂不可怕？要是野草长得比树还高，八成是发生了核泄漏——听说切尔诺贝利附近有这现象。"

由老柏树的"柔弱"，他写到世风的喧嚣，他说："惟柔弱是爱愿的识别，正如放弃是喧嚣的解剂。"之所以由"柔弱"写到"喧嚣"，还是要写地坛，因为地坛曾经可以是销蚀喧嚣回归宁静的一块宝地，一个解剂——"我是说当年的地坛。"他特意补充道。

我不知道弟弟执着地梦回青海的柴达木，是否还是当年他17岁时的柴达木。我只知道他和铁生所说的"柔弱"一样，敏感而坚信，唯有那里是"爱愿的识别"，是"喧嚣的解剂"。

在《想念地坛》最后，铁生写道："靠想念去迈过它，只要一迈过它便有清纯之气扑面而来。我已不在地坛，地坛在我。"这两句话，特别是最后一句"我已不在地坛，地坛在我"，如一只沉稳的铁锚，将地坛如一艘古船一样牢牢地停泊在新时期文学的岸边，也将思念深深埋在我的心里。

2011年岁末写毕于北京

第五辑

年轻时去远方漂泊

人的一生，如果真的有什么事情叫作无愧无悔的话，在我看来，就是你的童年有游戏的欢乐，你的青春有漂泊的经历，你的老年有难忘的回忆。

明信片

出国到一个陌生的地方,我总要买一张当地的明信片寄回家。虽然现在电话和"伊妹儿"方便得很,我却总固执地觉得没有明信片可以长期保留着当时的信息和气息。即使和信件相比,明信片上面多出的画面,时过境迁之后看到它,一下子就能够想起当年的情景,一目了然而活色生香起来。特别是国外的明信片印制得都非常漂亮,无论是当地的风光风情,还是当地的名胜名人,构图都比较别致,可以当成美术作品来欣赏。当然,更重要的是流年暗换之后,明信片能够唤回我许多回忆,清新如昨而不被尘埋网封。将那些明信片摆出长长的一串,雪泥鸿爪,像是回头看自己曾经走过的足迹。

在国外买明信片,一般比较容易,旅游点都会有卖的,琳琅满目,可劲儿地随你挑。寄明信片,有时就难点儿,因为人生地不熟,有时时间又紧迫,找邮局就显得捉襟见肘。于是,在匆忙之中找邮局，就成了我旅行中有意思的经历。

那年到土耳其和波兰去了一趟。住在伊斯坦布尔郊外，根本找不到邮局，到城里，不是去参观去购物就是去吃饭，完了事立刻上车走人，不容我有片刻时间去找邮局。那一天，到Carusel购物，那是伊斯坦布尔一家很大的商厦，位于闹市，门前的街道不宽，但商店林立，人流如鲫。我想附近总该有邮局吧，匆匆在Carusel逛了一圈，便走了出来，在四周的大街小巷找了半天，也没有找到邮局，问了好几个人，也都是一问摇头三不知。这时候，同行的大多数人已经逛完了商厦出来坐在车上，车子很快就要开了。我不甘心，临上车前又问了一位在街边上好像在等人的老头，听完我的问话，他也是摇头，我正要失望，他却紧接着用英语对我说："请等等。"说罢，拔腿穿过车水马龙的街道。隔着一条街，我看见他一连问了好几个过往的行人，听不见他说话，只看见他的嘴和胡子以及手一起在动，中间不断有汽车遮挡住了我的视线，那情景就好像在看电影里的默片。我看见他似乎终于问到了，腿迈下马路牙子要往我这边走，我赶紧向他招手，跑了过去。果然，他问清了，邮局离这里并不远，只是藏在一条很窄的小巷里。他怕我找不到，一直送我到了那条小巷的巷口。

在华沙，从肖邦故居回来，直奔文化宫看演出，演出要在晚上开始，时间很充裕。正好刚在肖邦故居买了几张明信片，便放心去找邮局。文化宫在元帅大街上，那里是华沙的市中心，想找一家邮局该不是难事吧，谁想一直找到夜幕垂落华灯初放，也没有找到邮局，心想莫非华沙人都不寄信怎么着？天黑路又不熟，那时已经不知自己在哪里，方向都弄不大清了，不敢恋战，正想打道回府，看见一个学生模样的人夹着书走过来，想，就再问最后一个人。他扬起年轻的脸听完我的问话，让我跟着他走，便跟着他穿街走巷一路迤逦而去。迷离的夜色和闪烁的灯光洒落在他的肩头，在我们的交谈中，我知道这位华沙大学历史系三年级的学生，对中国了解还真不少，不仅知道我们的孔子，还知道我们去年举办的肖邦音乐会。有了有趣的交谈，路显得短了，面前出现绿色的邮筒，他指指说到了，然后带我走进门，替我从一个机器前取下一张纸片，上面印着号码，他告诉我先在这里等候，等到柜台前的电子荧屏上出现我的号码再去寄我的明信片。

最有意思的是前年春天去法国，在南部阿维尼翁，因为那里是个中世纪的古城，又是世界有名的戏剧之城，所以街巷中商亭前的明信片格外五彩缤纷。乱花迷眼之后，挑了一张明信片，想问人邮局在哪儿，迎面来一位英俊的小伙，匆忙之中将post office说成了police office，小伙子一愣，脸上现出惊愕的表情，我才知道自己说错了，他以为我要找警察局呢。我赶紧扬着手中的明信片告诉他是找邮局寄明信片。他带我走进一条商业街，走进一个不大的杂货铺，向店主人说了几句我听不懂的法语，店主人拿出一张邮票，我付完钱，在明信片上贴好邮票，小伙子和我一起走出店铺，指着旁边的一个邮筒，笑笑对我说了句那里就是police office，然后和我告别。

我不知道如果有外国人来到中国也想找邮局寄明信片，在时间就是金钱的今天，我们能不能有耐心和诚心为他带路去找附近的一家邮局。但我会的，因为我曾经受惠于人，可以说，在国外的任何一个地方，只要我寻找邮局，都曾经有一个陌生人帮我带过路。

明信片带给我的回忆和回味，远远超过明信片自身。

知道我有积攒明信片的习惯，我的一个学生，大学毕业后到国外留学，然后定居，十多年了，到过许多国家，每到一个新的地方，不管多么匆忙，即使后来她已经是三个孩子的母亲，拖儿带女的，都不忘给我寄一张当地的明信片。什么事情能够坚持十多年，都不那么简单，水滴石穿，就这样湿润着漫长的岁月和枯燥的日子。每次收到她的明信片，我都很感动。细心的她更不忘找当地几枚纪念邮票贴在明信片上，让明信片更加漂亮。那一年是凡·高逝世一百周年，她正好在荷兰一个叫作Delft的小城，特意买来荷兰新发行的纪念凡·高的一套邮票贴在明信片上。我可以猜想得到在一个陌生的小城找邮局，一定和我曾经有过的经历一样，虽然有意思，但也不那么容易。

儿子到国外留学之后，自然也不会忘记给我寄来明信片，在短短的一年时间里，寄来了6张。他到达学校的时候，是半夜，第二天起床办的第一件事就是寄来一张明信片，画面是一头肥壮的牛。一个月后，他又寄来第二张明信片，上面印着草原上的猪。我和他的妈妈一个属猪一个属牛，他在明信片上写着："亲爱的爸爸妈妈:这几天我们这里的气温突然下降了,中午还好,早晨和晚上已经很冷了,很多人都感冒了。我倒还好,只是有点嗓子疼,再有就是很想你们。"

感恩节放假时,他和美国同学驱车近一千公里,到同学家过节吃火鸡,感受美国人的生活。那是一个最早由斯堪的纳维亚移民建设的小城,他没有忘记在那里买一张当地的明信片寄来。那是一张别致的明信片,是用当地的木片做成的,上面印有当地斯堪的纳维亚历史博物馆的黑白图案。匆匆之中,他在旁边写着几个字:"爸爸妈妈:我在诺迈特,北达科他州,感恩节。很想你们。"

那年的暑假,他去了密尔沃基,那是一个靠着密歇根湖的漂亮的城市,他从那里一下子寄来了两张明信片,一张是密尔沃基艺术博物馆现代派的建筑,一张是米罗的画,他在后一张明信片上面写着简单的两行话:"这是米罗的画,挂在密歇根湖的边上,想起过去我们在北京看的米罗画展。等你们来了,再一起去这里看吧。"

最有意思的是,我自己给自己寄了一张明信片。是前年在纽约,孩子陪我和爱人一起去联合国总部参观,那一天正好赶上是9·11,我买了一张印有联合国大厦前各国国旗飘扬的全景明信片,贴上张纪念联合国成立65周年的纪念邮票,在明信片上写了这样一句:"今天正好是9·11纪念日,参观联合国大厦,祈祷世界和平。"然后让全家人各自签上自己的名字。因为全家都出来了，家中无人，只好在明信片上写上我自己的名字收。那是给自己的纪念，也是给自己的祈愿。

　　明信片就这样在不知不觉中成为我和孩子乃至全家生活的一部分。在分离的时候，它不仅是到此一游的纪念，更是传递我们彼此思念和牵挂的感情方式。在一起的时候，它是我们共同留给岁月的纪念，刻在日子里的脚印，就像放翁的诗：灯下幸能读，梦中时与游。特别是寄明信片时都是在行色匆匆之中，明信片上空白的位置有限，有限的字落在方寸之间，地远天长之外，纸短情长，要的是功夫。

　　曾经读过法国诗人安·沃兹涅先斯基写过的一首诗，名字就叫《明信片》，诗很短，一共8行："从巴黎给你捎点什么？/除了衣裳，及其他杂物，/一张我们发黄的海报，/还有思念你的一丝凄楚。/这些礼品价值不高。/我看中了白色的凯旋门，/脑子里试量着你的身材，它像袒露背的连衣裙。"这是我看到的有关明信片最好的一首诗了，明信片带给诗人的想象，其实也是我们到达一个新地方特别是陌生国度的时候，常常会触景生情而涌出的想象；而明信片带给诗人的感情，更是我们所赋予明信片的感情。即使我们不会写诗，那些明信片已经成了我们生活里别致而温馨的诗。

年轻时去远方漂泊

寒假的时候,儿子从美国发来一封E-mail,告诉我他要利用这个假期,开车从他所在的北方出发到南方去,并画出了一共需穿越11个州的路线图。刚刚出发的第三天,他在得克萨斯州的首府奥斯汀打来电话,兴奋地对我说那里有写过《最后一片叶子》的作家欧·亨利博物馆,而在昨天经过孟菲斯城时,他参谒了摇滚歌星猫王的故居。

我羡慕他,也支持他,年轻时就应该去远方漂泊。漂泊,会让他见识到他没有见到过的东西,让他的人生半径像水一样蔓延得更宽更远。

我想起有一年初春的深夜,我独自一人在西柏林火车站等候换乘的火车,寂静的站台上只有寥落的几个候车的人。其中一个像是中国人,我走过去一问,果然是,他是来接人。我们闲谈起来,知道了他是从天津大学毕业到这里学电子的留学生。他说了这样的一句话,虽然已经过去了十多年,我依然记忆犹新:"我刚到柏林的时候,兜里只剩下了10美元。"就是怀揣着仅仅的10美元,他也敢于出来闯荡,我猜想得到他为此所付出的代价,异国他乡,举目无亲,风餐露宿,漂泊是他的命运,也成了他的性格。

我也想起我自己,比儿子还要小的年纪,驱车北上,跑到了北大荒。自然吃了不少的苦,北大荒的"大烟炮儿"一刮,就先给了我一个下马威,天寒地冻,路远心迷,仿佛已经到了天外,漂泊的心如同断线的风筝,不知会飘落到哪里。但是,它让我见识到了那么多的痛苦与残酷的同时,也让我触摸到了那么多美好的乡情与故人,而这一切不仅谱就了我当初青春的谱线,也成了我今天难忘的回忆。

没错,年轻时心不安分,不知天高地厚,想入非非,把远方想象得那样好,才敢于外出漂泊。而漂泊不是旅游,肯定是要付出代价的,多品尝一些人生的滋味,它绝不是如同冬天坐在暖烘烘的星巴克里啜饮咖啡的那种味道。但是,也只有年轻时才有可能去漂泊。漂泊,需要勇气,也需要年轻的身体和想象力,借此收获只有在年轻时才能够拥有的收获,和以后你年老时的回忆。人的一生,如果真的有什么事情叫作无愧无悔的话,在我看来,就是你的童年有游戏的欢乐,你的青春有漂泊的经历,你的老年有难忘的回忆。

青春,就应该像是春天里的蒲公英,即使力气单薄、个头又小、还没有能力长出飞天的翅膀,借着风力也要吹向远方;哪怕是飘落在你所不知道的地方,也要去闯一闯未开垦的处女地。这样,你才会知道世界不再只是一间好看的玻璃房,你才会看见眼前不再只是一堵堵心的墙,你也才能够品味出,日子不再只是白日里没完没了的堵车、夜晚时没完没了的电视剧。

我想起泰戈尔在《新月集》里写过的诗句:"只要他肯把他的船借给我,我就给它安装一百只桨,扬起五个或六个或七个布帆来。我绝不把它驾驶到愚蠢的市场上去……我将带我的朋友阿细和我做伴。我们要快快乐乐地航行于仙人世界里的七个大海和十三条河道。我将在绝早的晨光里张帆航行。中午,你正在池塘洗澡的时候,我们将在一个陌生的国王的国土上了。"那么,就把自己放逐一次吧,就借来别人的船张帆出发吧,就别到愚蠢的市场去,而先去漂泊远航吧。只有年轻时去远方漂泊,才会拥有这样充满泰戈尔童话般的经历和收益,那不仅是他书写在心灵中的诗句,也是你镌刻在生命里的年轮。

机场的拥抱

在南京机场候机回北京,来得很早,时间充裕,坐在候机大厅无所事事,看人来人往。到底是南京,比北京要暖,离立夏还有多日,姑娘们都已经迫不及待地穿上短裙和凉鞋了。坐在我对面的女人,看年纪有三十多了,也像个小姑娘一样,穿着一条齐膝短裙,在和节气,也和年龄赛跑。

来了一对年老的夫妇,坐在我身边的空座位上。听他们一口纯正的北京话,就知道是老北京人。他们说话的声音有些大,显然是丈夫的耳朵有些背了,年龄不饶人。但看他们的年龄,其实也就七十上下,并不太老。听他们讲话,是在苏州、无锡、镇江转了一圈,从南京乘飞机回北京。

忽然,我发现他们的声音变得小了下来。这样小的声音,妻子听得见,丈夫却听不清楚了。但是,妻子依然压低了嗓音说话,只不过嘴巴尽量贴在了丈夫的耳边。我隐隐约约听到的话,是"真像!""太像了!"他们反复说了几遍,不尽的感叹都在里面。

声音可以压低,像把皮球压进水底,目光却把心思泄露出来。顺着这对老夫妇的目光,我发现他们的目光如鸟一样,双双都落在对面坐的这个女人的身上。

我才仔细地看了看这个女人,发现她的黑色短裙和天蓝色长袖体恤,还有脚上的一双白色耐克运动鞋,很搭。还有她的清汤挂面的齐耳短发,也很搭。当然,和她清秀的身材更搭。很像一位运动员。刚才只看到她的短裙,其实,短裙并不适合所有的女人。在她的身上,短裙却画龙点睛,让一双长腿格外秀美。

很像,这个女人很像谁呢?心里便猜,大概是像这对老夫妇的女儿了吧?天底下,能够遇到很相像的一对人的概率,并不高。这个女人,一定让这对老夫妇想起了自己的什么亲人。否则,他们不会这样悄悄地议论,声音很低,却有些动情。能够让人动情的,不是自己的亲人,又会是谁呢?

我看见,妻子忽然掩嘴"扑哧"一笑,丈夫跟着也笑了起来。我猜想,笑肯定和对面这个女人有关,只是并没有惊动这个女人,她依然翘着秀美的腿,在看手机,嘴角弯弯的也在笑,但她的笑和这对老夫妇无关,大概是手机上的微信或朋友圈有了什么好玩的段子或信息。

"要不你去跟她说一下?""你去说吧,我一个老头子,怪不好意思的……"我听见老夫妇的对话,看着妻子站起身来,回过头冲着丈夫说了句："什么事都是让我冲锋在前头！"便走到对面的女人的身前，说了句："姑娘，打搅你一下！"那女人放下手机，很礼貌地立刻站起来，问道："阿姨，您有什么事吗？""是这样的，你长得特别像我们的女儿。"说着，妻子打开自己的手机给这个女人看，大概是找到自己的女儿的照片，这个女人禁不住叫了起来："实在是太像了！怎么能这样像呢！"我忍不住看了一眼身边的这位丈夫，他一直笑吟吟地望着这女人。

"我们想和你一起照张相，不知道可以不可以？"妻子客气地说。"太可以了！待会儿我还得请您把您女儿的照片发我手机上呢！"

丈夫站了起来，走到这个女人的身边，妻子冲我说道："麻烦你帮我们照张相！"把手机递在我的手中。我没有看到手机上的照片，不知道他们的女儿和他们身边的这个女人到底有多像，但从他们的交谈中知道女儿十多年前去美国留学，毕业后留在美国工作，工作忙，孩子又刚读小学离不开人，已经有五年没有回家了。思念，让身边的这个女人像女儿的指数平添了分值。

照完了相，我把手机递给了妻子的时候，听见丈夫对这个女人说了句："孩子，我能抱你一下吗？"女人伸出双臂紧紧地拥抱住了他。我看见，他的眼角淌出了泪花。我没有想到的是，那一刻，这个女人也流出了眼泪。

风景只在想象中

多年来一直想去绍兴，一直没有去成。绍兴，只在想象中。

想去绍兴，主要想看百草园、三味书屋和沈园。前者和鲁迅连在一起，后者和陆游连在一起。可以说，一个是文学的象征，一个则是爱情的象征。一个矮个子的鲁迅，是一座翻越不过去的文学大山。一曲柔肠寸断《钗头凤》，唱碎了几代人对爱情的无奈和惆怅。

真的来到了绍兴，细雨刚刚湿润了绍兴街头整齐划一的柳梢，和小河上荡漾的油漆簇新的乌篷船。先见到的半新不旧的楼房，围在城的四周，和想象中的绍兴拉开了距离。总以为那该是鲁迅笔下的绍兴，是陆游诗中的绍兴，有几分乡土风情和萧瑟的诗意，却未料到那风情和诗意只在纪念馆里。

去百草园和三味书屋的路上，到处是鳞次栉比的小店，卖着孔乙己牌的茴香豆，就连华老栓也被当成了店名，高悬在店堂的匾额上面，不会是卖人血馒头吧？咸亨酒店依稀能见到鲁迅时代的一丝影子，店前的孔乙己塑像比孔乙己本人要辉煌得多了，不少人和他合影留念，但可能已忘记了他曾经的屈辱。

三味书屋比想象的要小得多，门前的小河让人联想许多，如今门前有条小河的学校已经难找了。有那样好的老师，还有这样好的小河，从这条小河坐船可以到东湖、到兰亭、到会稽山……鲁迅小时候读书真是让人羡慕。如今三味书屋前的小河有漂亮的乌篷船，戴旧毡帽的老汉在和你讨价还价，载你畅游绍兴。

百草园的皂荚树还在，石井还在，菜畦还在，那段长满奇异花草、跳跃美丽昆虫的矮墙还在，只是并不是短短的，而是很长，上面长满细细的小草，不知是不是以前那段的泥墙根子？

皂荚树也不那么高大——这么多年了，它一直没有长？紫红的桑葚没有见到，何首乌、木莲和覆盆子更没有找到。也许，是太匆忙，也是人太多，更是我们都不是孩子了，难得那种童趣了。许多同行的人都在说，现在新买的别墅赠送的花园也没有这么大。

想象中的沈园，红酥手，黄縢酒，满城春色宫墙柳，总是带着几分凄婉。伤心桥下春波依然绿，只是翩翩惊鸿无法照影再来。沈园最值得一看的是最外面的石牌坊，高高地写着"沈氏园"三个绿色大字，足以想象里面所演绎的一切悲欢离合。真的到里面一看，多少有些扫兴，最扫兴的是最里面的墙上刻写的陆游和唐婉各自所写的《钗头凤》词，现代人写，现代人刻，沦落风尘中一般,演绎着电视剧的味道,哪有想象中的气派和韵味。

其实,到一个陌生的地方,让从来没有见过的它们闯入你的视野,与其说是给你客观的感受,不如说是一种更为主观的心理和情绪上的东西罢了。因为你要将现实中的它们和你想象中的它们做对比,要将你多年来积蓄的想象和瞬间见到的现实做一番无可奈何的碰撞。

所以,有些一直在你心中存有美好想象的地方,最好不要轻易去。

风景只在想象中。

京城花事

老北京,没有街行树,街道上是没有什么花可看的。到了春天,花一般开在皇家园林、寺庙和四合院里。老北京人赏花,得到这三处去,皇家园林进不去,到寺庙里连烧香拜佛带赏花,便是最佳选择。春节过后,过了春分,二月二十五,有个花朝日,是百花的生日,那一天,人们会到寺庙里去,花事和佛事便紧密地连在一起。因此,在皇家园林还没有开放为公园的年代,到寺庙里赏花,是很多人共同的选择。

过去,老北京有个顺口溜:崇效寺的牡丹,花之寺的海棠,天宁寺的芍药,法源寺的丁香。这四句话,合辙押韵。意思说,开春赏花,不能不去这四座古老的寺庙,那里有京城春花的代表作。那时候,到那里赏花,就跟现在年轻人买东西要到专卖店里一样,是老北京人的讲究。可以看出,老北京人赏花,讲究的是要拔出萝卜带出泥一样，要连带出北京悠久又独特的历史和文化的味儿来。就跟讲究牡丹是贵客、芍药是富客、丁香是情客一样，每一种花要有一座古寺依托，方才剑鞘相合，鞍马相配，葡萄美酒夜光杯相得益彰。

崇效寺的牡丹，以种植的面积铺展连成片而为人赏心悦目。当然，那里的绿牡丹更是名噪京城，因为那时候开绿色花瓣的牡丹，满北京只此一家，别无分店。花之寺的海棠，在五四时期的女作家凌叔华的笔下有过描述，她特意将自己的小说集命名为《花之寺》。天宁寺的芍药，和寺本身历史一样悠久。不过，法源寺的丁香，应该更有名一些，清诗中有形容那里壮观的诗句：杰阁丁香四照中，绿荫千丈拥琳宫。说丁香千丈之长是夸张，但簇拥在法源寺的一片丁香花海，为京城难见的景观，是吸引人们来的主要原因。

有意思的是，这四座古寺都在宣南，大概和那时候宣南居住的众多文化人相关。花以人名，人传花名，文人的笔，让这里的花代代相传，这四座古寺的花事，连同明清两代文人留下的诗章，便成了宣南文化的一部分。

这四座古寺的花事繁盛，一直延续到民国。从文字记载来看，20世纪20年代，泰戈尔访问北京时的重要活动，一个是和梅兰芳在开明剧院赏京戏，一个便是和徐志摩到法源寺里看丁香。读张中行先生的文章，知道20世纪40年代，还能看得到崇效寺施"大肥"（即煮得特别的烂的猪头和下水）而盛开茂盛的牡丹。

如今，这四座古寺，仅存天宁和法源两寺，近些年，法源寺的丁香，名声大过天宁寺的芍药，原因在于重修法源寺之后，悯忠台旁、钟鼓楼下、念佛台前，补种有百余株丁香，盛开起来，烂烂漫漫，重现当年的胜景，并年年趁丁香花开之机，举办丁香诗会，尽管诗的水平参差，远不如古人，却聊补古寺花事的遗憾，再现当年有花有诗的盛况。丁香盛开的时候，法源寺花香四溢，人流如鲫。可以说，法源寺是四大名寺花事中如今硕果仅存的一座寺庙。

崇效寺的牡丹，早在新中国成立初期就都移植到了中山公园。那个时代，新中国更重视公园的建设，崇效寺的牡丹也算是找了个好人家。我小时候，开春时节，哪儿都不去，家长得花5分钱买一张门票，带我到中山公园看牡丹。如今，哪个公园里都有牡丹，但我敢说，没有哪一处的牡丹是出自名门，中山公园的牡丹年头最为久远，真正是魏紫姚黄，国色天香。这几年，中山公园引进郁金香，在我看来，再花姿别样的郁金香，也盖不过风采绰约的牡丹，因为它的牡丹都曾经摇曳在历史的风中。

当然，老北京寺庙里的花，可赏的并不仅局限于上述四家。早春赏玉兰，就有大觉寺和潭柘寺，大觉寺的玉兰是明朝的，历史之久，为京城之首；潭柘寺的玉兰一株双色，号称"二乔"，花和美人一体化，引人遐想。但那里毕竟在很远的郊外，上述四家古寺却都是在今天的城中心附近。就近赏花，就跟那时候看戏一样，戏园子就在家附近，抬脚几步就到，看戏就方便，便于一般平民。再美若天仙和富贵骄奢的花，在这时候都要表现得亲民一些，如同旧时王谢堂前燕，飞入寻常百姓家一样，便成为京城花事的一大特色。所以，如今慕名前往大觉潭柘二寺看玉兰的人不少，但更多的人还是到颐和园看玉澜堂的玉兰，毕竟去那里更方便些。

前两天去劳动人民文化宫，看到太庙大门外两株高大的玉兰，不像别处玉兰，只是在瘦削的干枝上开几朵料峭的花朵，而是花开满树，一朵压一朵，密不透风，盖住了几乎所有的枝条和树干，像是涌来千军万马，陡然擎起一树洁白的纱幔迎风招展。心想，这两株玉兰的年头也不少了，看玉兰，到这里更近，人也少，格外清静，花和人便各得其所，相看两不厌，应该是个不错的选择。

老北京的花，除了寺庙，还开在自家的院落里。不过，社会存在阶级或阶层的分野，现实便有抹不去的贫富差别。赏花，便不可能一律平民化。在老北京，老舍先生写的《柳家大院》里的那种大杂院里，连吃窝窝头都犯愁，院子里一般是没有什么花可种、可赏的。我小时候住在前门楼子西侧的西打磨厂街一个叫作粤东会馆的大院里。这个大院要比柳家大院强许多，是清朝留下的一座老宅院，占地两亩，典型的老北京的三进三出有二道门和影壁的大院。尽管年久失修，人多杂乱，不少花木被破坏，但在院子里还有三株老枣树和两株老丁香,那两株丁香,一株开紫花,一株开白花,春天开花的时候,一树紫色如云,一树洁白如雪。

当然,真正讲究有花可种、可赏的,是有权有钱居住在那种典型四合院里的人家,这样的人家,不为官宦,起码也得家境殷实。一般四合院,春天种海棠和紫藤的居多。老北京,海柏胡同朱彝尊的古藤书屋,杨梅竹斜街梁诗正(他当时任吏部尚书)的清勤堂,虎坊桥纪晓岚的阅微草堂,这三家的紫藤最为出名,据说这三家的紫藤都为主人当时亲手种植。"藤花红满檐","满架藤荫史局中","庭前十丈藤萝花",这三句诗,分别是写给这三家的紫藤花的,也是后人们遥想当年藤花如锦的凭证。

前些年,我分别造访过这三处,古藤书屋正被拆得七零八落,清勤堂的院落虽然破败却还健在,阅微草堂被装点一新,成了晋阳饭店。如今,阅微草堂的紫藤,因修两广大街时扩道,大门被拆,本来藏在院子里的紫藤亮相在大街上,一架紫色花瓣翩翩欲飞,成为一街的盛景。杨梅竹斜街正在改造,清勤堂肯定会被整修,只是不知道会不会补种一株紫藤,再现"满架藤荫史局中"的繁盛。

春末时分,蔷薇谢去,荼蘼开罢,紫藤是春天最后的使者了。它的花期比较长,花开之余,用花做藤萝饼,是老北京人的时令食品。如今,老四合院里的藤萝少见了,但藤萝饼在遍布京城的稻香村各分店里都可以买到。那是京城春天花事舞台的变幻,是花的精魂另一种形式的再现。当然,也可以说人们从观花到吃花,是浪漫主义到实用主义的转移。春天里热热闹闹的京城花事,到此落幕,最后竟吃进肚子里,一点儿都没糟践。

大理看花

　　在植物中，我崇尚微小的，因此，一直以为草比树好看，花比草好看。到了云南，在昆明看花，比在北京好看；到大理看花，又比昆明好看。细琢磨一下，或许是有道理的。人靠衣服马靠鞍，花草虽小，却也是需要背景来衬托的。远离大自然，她们来到城市，不会像我们人一样挑挑拣拣，但是，城市的背景却会在有意无意间衬托出她们不同的风姿。说是一方水土养一方人，其实，也是一方水土养一方花。

　　老城昆明，除了翠湖一带，还能依稀看到老模样，其他地方如今已被拆得七零八落。大理，毕竟还保留着古城，而且，四围有苍山洱海的衬托，上下关之间有白族老村落相连，乡间和自然的气息挡不住，同样的花，在这里便呈现出不一样的风采。所谓石不可言，花能解语呢。

　　车还没进大理古城，头一眼便看到城墙外有一家叫作"小小别馆"的小餐馆,墙头攀满三角梅,开得正艳。三角梅,在云南看得多了,但这一处却印象不同。餐馆是旧民居改建而成。在白族特有白墙灰瓦的衬托下,三角梅不是栽成整齐的树,或有意摆在那里做装饰,而是随意得很,像是这家的姑娘将长发随风一甩,便甩出了一道浓烈的紫色瀑布,风情得很。

和老北京一样,大理老城以前是把花草种在自家院子里的,除了三角梅,种得更多的是大叶榕和缅桂花。缅桂花就是广玉兰,白族民歌爱唱:"缅桂花开哟十里香……"大叶榕是白族院子里的风水树,左右各植一株,分开红白两色,被称之为夫妻花。如今,进了大理古城,两边的街树都是樱花,显然是最近后种的,与大理不搭,或者说是混搭。大理市花是杜鹃,沿街种杜鹃才对。当然,看大理杜鹃,要到苍山,看那种雪线上的高山杜鹃,红的、粉的、白的、黄的,五彩缤纷,铺铺展展,漫山遍野,让大理有了最能代表自己性格和性情的花的背景。这大概是别的古城都没有的景观。

如今,去大理古城,摩肩接踵,人满为患。其实,离大理古城不远,还有一座古城,叫喜洲,也隶属大理,去的人不多,还保留着难得的属于上一个世纪的古老和清幽。喜洲古镇没有大理古城大,却是大理商业的发源地,可以说是先有喜洲古镇,后有大理古城。古丝绸之路兴起时,云南马帮号称有四大帮,其中之一便是喜洲帮。他们来自遥远的南亚乃至中东,从喜洲进入大理,将最早的资本主义种子带进大理,萌芽开花。

所以，大理最有钱的人，不是在大理古城，而是都出自喜洲；大理最气派而堂皇的白族院落，不是在大理古城，而是都在喜洲。当然，大理最漂亮而风情万种的花，也应该是在这里。

喜洲古镇城北之外，有一座坐西朝东的院落。这是号称喜洲八大家之一杨家的老宅。喜洲还有四大帮，是喜洲最有名最富有的人家，八大家还略逊一筹，因此，它被挤在城外。想是当年喜洲城盖房大热，和我们现在一样，商业带动房地产开发，城里没有了地皮，便扩城而延伸到城外。即便如此，杨家大院也非同一般，四重院落，前两院住人，第三院是马厩，最后一院是花园。可惜的是，后花园早被毁掉，现在栽种的都是后来补种的花卉，笔管条直，如同课堂里的小学生，缺少了点儿生气。

后花园院墙上有开阔的露台，爬上去，前可以眺望洱海，后可以眺望苍山，视野一下子开阔。坐在露台上品普洱茶，忽然看见杨家院墙满满一面墙，开满白族人所称的爆竹花。这种花，花朵硕大，像爆竹，花呈明黄色，在所有花中，颜色格外跳，十分艳丽。满满一面墙的爆竹花，在夕照映衬下，像一列花车在嘹亮的铜管乐中开来，让整个院子都像燃烧了一样。这是我见到的最不遮掩最奔放的花墙了。

离开喜洲古镇前，在一家很普通的小院的院墙前，看到爬满墙头的一丛丛淡紫色的小花。叶子很密，花很小，如米粒，呈四瓣，暮霭四垂，如果不仔细看，很容易忽略。我问当地的一位白族小姑娘这叫什么花？她想了半天说："我不知道怎么说，用我们白族话的语音，叫作'白竺'。"这个"竺"字，是我写下的。她也不知道应该用哪个字更合适。不过，她告诉我，这种花虽小，却也是白族人院子里爱种的。白族人爱种的花，可真不少。

小姑娘又告诉我，白族人的这个"白竺"，翻译成汉语，是希望的意思。这可真是一个吉祥的花名。

四块玉和三转桥

四块玉,是元曲的一个曲牌名,也是北京胡同的一个名字。作为一条老胡同,这个名字在明朝就存在。当初,为这条胡同起名字的时候,是不是想起了元曲"四块玉"这个曲牌名,只能揣测和联想了。

我对四块玉这条胡同一直充满感情。20世纪90年代,我的儿子上小学四年级。他在光明小学读书,放学回家,抄近道,就是走西四块玉胡同。那时候,他刚刚学会骑自行车,骑得正来劲儿,特别愿意在这样弯弯曲曲的胡同里骑车,"游龙戏凤"般显示自己的车技。一天下午放学,在西四块玉胡同一个拐弯儿的地方,他看见前面走着一位老太太,他的车已经刹不住了,一下子撞上了老太太。老太太倒没有被撞倒,但她手里提着的一个篮子被撞倒在地上,篮子里装满刚刚买来的鸡蛋,被撞碎了好几个。

孩子下了车,知道自己闯下了祸,心里有些害怕,除了一个劲儿地道歉,不知如何是好。老太太一看,是个孩子,把篮子拾起来,没有责怪他,只是对他笑笑,嘱咐他骑车要小心,就挥挥手让他走了。

那一年,孩子十一岁。这位老奶奶对他影响至深,使他对他人保持善意和宽容。以后,每一次走进四块玉胡同,他都会忍不住想起这位老奶奶,而且不止一次地对我说起这位老奶奶。

三转桥,也是北京的一条老胡同的名字,没有四块玉好听。相传它有一座汉白玉的转角小桥。但和四块玉无玉一样,它现在并没有桥。桥和玉,都只是它们的幻想。

三转桥离我读的汇文中学不远。读高三那一年,我才学会骑自行车,比儿子晚了八年。有一天中午,我借同学的自行车骑车回家吃午饭。回学校穿过三转桥的时候,撞上一个小孩,把小孩撞倒在地上。我赶紧下车,扶他起来,倒是没有撞伤,但是,孩子的裤子被车刮开了一个大口子,孩子一下子就哭了起来。我忙哄他,问他家住在哪儿,就在附近不远,我把孩子送回家。一路走,心里沉重得像压着块大石头,毕竟把人家孩子撞倒了,把人家孩子的裤子刮破了。家里,只有孩子年轻的妈妈在,我向她说明情况,一再道歉,听凭发落。她看看孩子,对我说:"没事,快上你的学去吧,待会儿我用缝纫机把裤子轧轧就好了!"她说得那么轻巧,一下子就把我心里压着的那块石头搬走了。

我和儿子的成长道路上竟然有着这样多的相似。或许,是我们遇到的好人实在太多,让我和儿子都相信这个世界上尽管沙多金子少，但好人还是多于坏人、善良多于邪恶、宽容多于刻薄。

我常想，如果不是当初那位年轻的母亲说了那样轻松的话，就把我放走，而是非要让我赔她孩子的裤子的话，会是一种什么样的结果呢？同样，如果当初那位老奶奶，即便不是讹孩子，像现在常见的"碰瓷儿"的老人那样倒在地上，非要儿子送她到医院，再找上家长赔一笔钱，即便只是让他赔鸡蛋，又会是一种什么样的结果呢？

对于一个孩子来说，他对这个世界和这个世界上的人与事的认知和理解，也许就会大不一样了。这个世界上，存在着恶，也存在着善；人和人之间，存在着怀疑，也存在着信任。普通人应该是本能的善多一些，信任多一些，而如今普通人身上的善和信任，却被恶和怀疑挤压如茯苓夹饼里的馅。或许对于我们大人，一切都已经见多不怪，对于一个孩子，这样的凡人小事，却常常是他们进入这个世界的通道，他们从中见识到人生，以为世界和人生就是这样子的。儿子遇到这位老奶奶，和我遇到的那位年轻的妈妈，让这个世界充满爱，不再仅仅是一句唱得响亮的歌词，而是如一粒种子，种在了我们的心头。对于我，时间已经过去了四十九年；对于孩子，时间已经过去了二十五年；这位老奶奶和这位年轻的妈妈，一直没有让我们忘记。这粒种子发芽生根长叶，至今仍在我们的心中郁郁葱葱。

四块玉和三转桥，像古诗里的一副美丽的对仗。

杜鹃，杜鹃

现在是看杜鹃花的时节。我国杜鹃花的品种极多，但有两处的杜鹃，最让人难忘，非常值得一看。一处是湖南九嶷山的杜鹃花，九嶷山的杜鹃在4月开花。《史记》中记载，舜"南巡狩，崩于苍梧之野，葬于江南九嶷"。人们都知道九嶷山的湘妃竹，不大知道九嶷山的杜鹃。传说中的娥皇和女英两位妃子千里迢迢逆潇水而上到九嶷，一路哭来，泪水滴落在竹上，紫痕斑斑，千年不落，才有了"斑竹一枝千滴泪，红霞万朵百重衣"的诗句。其实，娥皇和女英的泪水不仅滴在湘妃竹上，也滴落在杜鹃花上面，九嶷山的杜鹃一样有名，而且应该说比湘妃竹更动人。传说舜帝未死之前，九嶷山漫山遍野开的都是红杜鹃，在舜倒地那一瞬间，满山的红杜鹃，都齐刷刷地变成了白杜鹃，摇曳着齐为舜帝致哀。

舜帝教当地人制茶、办学堂，最后为百姓伏蟒受毒致死，而深得百姓的爱戴和怀念,连杜鹃花都有了这样神话般的感应。想想一山的杜鹃在顷刻之间有了灵性,变了颜色,花随风摇,带动着巍巍高山也颜色陡变而随之摇曳,杜鹃摇曳着祭祀的白绸,山谷响彻悲恸的风声,该是多么壮丽的场面。从此,九嶷山每年4月,都是既开红杜鹃,也开白杜鹃。如今这时候到九嶷山,满山的红白杜鹃,扑扇着红白一对翅膀,把整个九嶷山都带动得要飞起来似的。会让人迎风遥想、染上历史回味和岁月沧桑的杜鹃,不是一朵,也不是一丛、一片,而是漫山遍野怒放的红杜鹃、白杜鹃,真的是杜鹃之交响。

另一处是云南香格里拉碧塔海的杜鹃花,它们比九嶷山的杜鹃开得晚些,要在5月开花。碧塔海藏在香格里拉深处,一围群山,四处草甸,那高原特有的漫天清澈的天光云色,开阔得像母亲的胸怀,将碧塔海衬托得分外幽静而神秘。碧塔海周围遍布杜鹃花林,高原的红杜鹃,开得烂漫如火,似乎因为离着太阳近,把灿烂的阳光都吸收进花蕊里面,每一朵都红得像是要破裂得流淌下红色的汁液来,更是特别粗犷妖冶,肆无忌惮。

山野的风吹来,成片的杜鹃花约好了似的,飞流直下三千尺的瀑布一样飘落进碧塔海中,红艳艳一片,一天霞光云锦般地漂浮在水面上,燃烧的血一样荡漾。这时,会有成群的鱼闻香扑面游来,像是奔赴一年一次的情人约会而浩浩荡荡,争先恐后,那一份浪漫的豪情,如同高原上掠过的长风,一泻千里,无遮无拦。高原的鱼和花真是一样的秉性,也是豪放得很,喁喁着小嘴，贪婪地吞吃杜鹃花瓣，如同高原贪杯的汉子一样，不喝得一醉方休不会放下酒杯，吞吃杜鹃花瓣的鱼，便成群成片地醉倒，漂浮在碧塔海之上，成为高原最美丽的一景。当地人称之为"杜鹃醉鱼"。那种粗犷之中蕴含的平原湖泊中难得的浪漫，首先得益于红杜鹃托风传媒，慷慨地举身赴清池的浪漫，方才与鱼相得益彰，如此风情万种，将碧塔海变成红塔海，让人叹为观止。

如果九嶷山的杜鹃是壮丽的杜鹃，碧塔海的杜鹃则是浪漫的杜鹃。

如果九嶷山的杜鹃属于神话，碧塔海的杜鹃则属于童话。

北京的树

以前，老北京胡同和大街上没有树，树都在皇家的园林、寺庙或私家的花园里。故宫御花园里号称北京龙爪槐之最的"蟠龙槐"，孔庙大成殿前尊称"触奸柏"的老柏树，潭柘寺里明代从印度移来的娑罗树，颐和园里的老玉兰树……以至于天坛里那些众多的参天古树，莫不过如此。清诗里说：前门辇路黄沙软，绿杨垂柳马缨花。那样街头有树的情景是极个别的，我怀疑那仅仅是演绎。

北京有街树，应该是民国初期朱启钤当政时引进德国槐之后的事情。那之前，除了皇家园林，四合院里也是讲究种树的，大的院子里，可以种枣树、槐树、榆树、紫白丁香或西府海棠，再小的院子里，一般也要有一棵石榴树，老北京有民谚：天棚鱼缸石榴树，先生肥狗胖丫头。这是老北京四合院里必不可少的硬件。但是，老北京的院子里，是不会种松树、柏树的，认为那是坟地里的树；也不会种柳树或杨树，认为杨柳不成材。所以，如果现在你在四合院里看见这几类树，都是后栽上的，年头不会太长。

如今，到北京来，想看到真正的老树，除了皇家园林或古寺，就要到硕果仅存的老四合院了。

在南半截胡同的绍兴会馆里，还能够看到当年鲁迅先生住的补树书屋前那棵老槐树。那时，鲁迅写东西写累了，常摇着蒲扇到那棵槐树下乘凉，"从密叶缝里看那一点一点的青天，晚出的槐蚕又每每冰冷的落在头颈上"（《呐喊》自序）。那棵槐树现在还是虬干苍劲，枝叶参天，应该有一百多岁了。

在上斜街金井胡同的吴兴会馆里，还能够看到当年沈家本先生住在这里时就有的那棵老皂荚树，两人怀抱才抱得过来，真粗，树皮皴裂如沟壑纵横，枝干遒劲似龙蛇腾空而舞的样子，让人想起沈家本本人。这位清末维新变法中的修律大臣，我国法学奠基者的形象，和这棵皂荚树的形象是那样地吻合。据说，在整个北京城，这么又粗又老的皂荚树屈指可数。

在陕西巷的榆树大院，还能够看到一棵老榆树。当年，赛金花盖的怡香院，就在这棵老榆树前面，就是陈宗蕃在《燕都丛考》里说"自石头胡同而西曰陕西巷榆树大院，光绪庚子时，名妓赛金花张艳帜于是"的地方。之所以叫榆树大院，就因为有这棵老榆树，现在，站在当年赛金花住的房子的后窗前，还可以清晰地看到那榆树满树的绿叶葱茏，更比赛金花青春常在，仪态万千。

西河沿192号,是原来的莆仙会馆,尽管早已经变成了大杂院,后搭建起的小房如蘑菇丛生,但院子里有棵老黑枣树,一直没舍得砍掉。在北京的四合院里,种马牙枣的很多,但种这种黑枣树的很少。那年夏天,我专门到那里看它,它正开着一树的小黄花,落了一地的小黄花,真的是漂亮。当然,我说的是十多年前的事情了。

尽管山西街如今拆得仅剩下盲肠一段,但甲十三号的荀慧生故居还在。当年,荀慧生买下这座院子,自己特别喜欢种果树,亲手种有苹果、柿子、枣树、海棠、红果多株。到果子熟了的时候,会分送给梅兰芳等人。唯独那柿子熟透了不摘,一直到数九寒冬,来了客人,用竹梢头从树枝头打下邦邦硬的柿子,请客人带冰碴儿吃下,老北京人管这叫作"喝了蜜"。如今,院子里只剩下两棵树,一棵便是曾经结下无数"喝了蜜"的柿子树,一棵是枣树。去年秋天,我去那里,大门紧锁,进不去院子,在门外看不见那棵柿子树,只看见枣树的枝条伸出墙头,枣星星点点,结得挺多的。老街坊告诉我,前两天刚打过一次枣。

离荀慧生故居不远的西草厂街88号的萧长华的故居里,也有一株枣树,比荀慧生院子的枣树年头还长。同荀慧生爱种果树一样,这棵枣树是萧长华先生亲手种的。

在北京四合院里,好像只有枣树有着这样强烈的生命力。因此，在北京的四合院里，枣树是种得最多的树种。小时候我住的四合院里，有三株老枣树，据说是前清时候就有的树，别看树龄很老，每年结出的枣依然很多，很甜。所谓青春依旧，在院子里树木中，大概独属枣树了。我们大院的那三株老枣树，起码活了一百多年，如果不是为了后来人们的住房改造而砍掉了它们，现在应该还可以活着。如今，我们的大院拆迁之后建起了崭新的院落，灰瓦红柱绿窗，很漂亮，不过，没有那三株老枣树，院子的沧桑历史感，怎么也找不到了。

如今，北京城的绿化越来越漂亮，无论街道两侧，还是小区四围，种植的树木品种越来越多，却很少见到种枣树的。人们对于树木的价值需求和审美标准，就这样发生着变化。老北京四合院的枣树，在这样被遗忘的失落中，便越发成为过往岁月里一种怅惘的回忆。

在我所见的这些树木中，最容易活的树是紫叶李，最难活的是合欢树，亦即前面所引清诗里说的马缨花。十多年前的夏天，我的孩子买房子时，就是看中小区里有一片合欢树，满眼毛茸茸绯红色的花朵，看得人爽心悦目。如今，那一片合欢树，只剩下六株苟延残喘。记得我读小学的时候，离我家不远通往长安街的一条大道两侧，种满合欢树，夏天一街茸茸粉花，云彩一般浮动在街的上空，在我的记忆里，这是全北京城最漂亮的一条街了。可惜，如今那条街上，已经一株合欢树也没有了。

在离宣武门不远的校场口头条，是一条闹中取静的小胡同，在这条胡同的47号，是学者也是我们汇文中学的老学长吴晓铃先生的家。他家的小院里，有两株老合欢树，不知道如今是否还活着。那年，我特意去那里，不是为拜访吴先生，因为吴先生已经仙逝，而是为看那两株合欢树。合欢树长得很高，探出墙外，毛茸茸的花影，斑斑点点地正辉映大门上一副吴先生手书的金文体的门联——"弘文世无匹，大器善为师"。那花和这字，如剑鞘相配，相得益彰，如诗如画，世上无匹。

曾经有一段时间，我着了迷一般，像一个胡同串子，到处寻找老院子里硕果仅存的老树。都说树有年轮，树的历史最能见证北京四合院沧桑的历史。树的枝叶花朵和果实，最能见证北京四合院缤纷的生命。尤其是那些已经越来越少的老树，是老四合院的活化石。老院不会说话，老屋不会说话，迎风抖动的满树的树叶会说话呀。记得写过北京四合院专著的邓云乡先生，有一章专门写"四合院的花木"。他格外注重四合院的花木，曾经打过这样一个比方，说京都十分春色，四合院的树占去了五分。他还说："如果没有一树盛开的海棠，榆叶梅，丁香……又如何能显示四合院中无边的春色呢？"

十多年过去了，曾经访过的那么多老树，说老实话，给我印象最深的，不是上述的那些树，而是一棵杜梨树。

那是十二年前的夏天，我在紧靠着前门楼子的长巷上头条的湖北会馆里，看到这棵杜梨树，枝叶参天，高出院墙好多，密密的叶子摇晃着天空，浮起一片浓郁的绿云，春天的时候，它会开满满一树白白的花朵，煞是明亮照眼。虽然，在它的四周盖起了好多小厨房，本来轩豁的院子显得很狭窄，但人们还是给它留下了足够宽敞的空间。我知道，人口的膨胀，住房的困难，好多院子的那些好树和老树，都被无奈地砍掉，盖起了房子。前些年，刘恒的小说《贫嘴张大民的幸福生活》，被改成电影，影片的英文名字翻译成中文叫作《屋子里的树》，是讲没有舍得把院子里的树砍掉，盖房子时把树盖进房子里面了。因此，可以看出湖北会馆里的人们没有把这棵杜梨树砍掉盖房子，是很不容易的事情，也是值得尊敬的事情。

那天，很巧，从杜梨树前的一间小屋里，走出来一位老太太，正是种这棵杜梨树的主人。她告诉我她已经87岁，不到10岁搬进这院子来的时候，她种下了这棵杜梨树。也就是说，这棵杜梨树有将近80年的历史了。

那位老太太让我难忘，还在于她对我讲过这样一段话。那天我对她说：您就不盼着拆迁住进楼房里去？起码楼里有空调，这夏天住在这大杂院里，多热呀！她瞥瞥我，对我说：你没住过四合院？然后，她指指那棵杜梨树，又说，哪个四合院里没有树？一棵树有多少树叶？有多少树叶就有多少把扇子。只要有风，每一片树叶都把风给你扇过来了。老太太的这番话，我一直记得，我觉得她说得特别好。住在四合院里，晚上坐在院子里的大树下乘凉，真的是每一片树叶都像是一把扇子，把小凉风给你吹了过来，自然风和空调里制造出来的风不一样。

　　日子过得飞快，十二年过去了。这十二年里，偶尔，我路过那里，每次都忍不住会想起那位老太太。那棵杜梨树已经不在了，我却希望老太太还健在。如果在，她今年99岁，虚岁就整100岁了。

鱼鳞瓦

老北京的房顶铺的都是鱼鳞瓦,灰色,和故宫里的碧瓦琉璃形成色彩鲜明的对比。虽不如碧瓦琉璃那般炫目,那般高高在上,但满城沉沉的灰色,低矮着,沉默着,无语沧桑,力量沉稳,秤砣一般压住了北京城,气魄如云雾天里翻涌的海浪一样。难怪贝聿铭先生那时来北京,特别愿意到景山顶上看北京城这些灰色的鱼鳞瓦顶。

在我的童年,即20世纪50年代,北京的天际线很低,基本上被这些起伏的鱼鳞瓦顶所勾勒。因为那时候成片成片的四合院还在,而且占据了城市大部分的空间。想贝聿铭先生看见这样的情景,一定会觉得这才是老北京,是世界上任何一座城市都没有的色彩和力量吧?

想想真的很有意思,那时候,四合院平房没有如今楼房的阳台或露台,鱼鳞状的灰瓦顶,就是各家的阳台和露台,晒的萝卜干、茄子干或白薯干，都会扔在那上面；五月端午节，艾蒿和蒲剑要插在门上，也要扔到房顶，图个吉利；谁家刚生小孩子，老人讲究要用葱打小孩子的屁股，取葱的谐音，说是打打聪明，打完之后，还要把葱扔到房顶，这到底是什么讲究，我就弄不明白了。

对于我们许多孩子而言，鱼鳞瓦的房顶，就是我们的乐园。老北京有句俗话，叫作"三天不打，上房揭瓦"，说的就是那时我们这样的小孩子，淘得要命，动不动就爬到房顶上揭瓦玩，这是那时司空见惯的儿童游戏。我相信，老北京的小孩子，没有一个没干过上房揭瓦这样调皮的事。

那时，我刚上小学，开始跟着大哥哥大姐姐们一起上房揭瓦。我们住的四合院的东跨院，有一个公共厕所，厕所的后山墙不高，我们就从那里爬上房顶，弓着腰，猫似的在房顶上四处乱窜，故意踩得瓦噼啪直响，常常会有邻居大妈大婶从屋里跑出来，指着房顶大骂：哪个小兔崽子，把房踩漏了，留神我拿鞋底子抽你！她们骂我们的时候，我们早都踩着鱼鳞瓦跑远，跳到另一座房顶上了。

鱼鳞瓦，真的很结实，任我们成天踩在上面那么疯跑，就是一点儿也不坏。单个儿看，每片瓦都不厚，一踩会裂，甚至碎，但一片片的瓦铺在一起，铺成了一面坡房顶，就那么结实。它们一片瓦压在一片瓦的上面，中间并没有泥粘连，像一只小手和另一只小手握在了一起，可以有那么大的力量，也真是怪事，常让那时的我好奇而百思不解。漫长的日子过去之后，大院里有的老房漏雨，房顶的鱼鳞瓦换成波浪状的石棉瓦或油毡和沥青抹的一整块坡顶，说实在的，都赶不上鱼鳞瓦，不仅质量不如，一下大雨接着漏，也不如鱼鳞瓦好看。少了鱼鳞瓦的房顶，就如同人的头顶斑秃一般，即使戴上颜色鲜艳的新式帽子，也不是那么回事了。

前些天，路过童年住过的那条老街，正赶上那里拆迁，从房顶上卸下来的鱼鳞瓦装满了一汽车的挎斗，一层层，整整齐齐地码在车上，也呈鱼鳞状。那可都是前清时候就有的鱼鳞瓦呀，经历了一百多年的雨雪风霜，还是那样结实，那样好看。又有谁知道，在那些鱼鳞瓦上，曾经上演过那么多童年的游戏呢！

其实，平日里在房顶上疯跑的游戏，并没有任何内容，但形式带给我们的快乐大于内容，能惹得邻居大骂却又逮不着我们，便成为我们的一乐。当然，要说我们最大的乐，那还是秋天摘枣和国庆节看礼花。

那时我们的院子里有三棵清朝就有的枣树，我们可以轻松地从房顶攀上枣树的树梢，摘到顶端最红的枣吃。也可以站在树梢上，拼命地摇树枝，让那枣纷纷如红雨落下。比我们小的那些小不点儿，爬不上树，就在地上头碰头地捡枣，大呼小叫，这可真的成了我们孩子的节日。

打枣一般都在中秋节前，这时候，国庆节就要到了。打完了枣，下一个节目就是迎接国庆了。

国庆节的傍晚，扒拉完两口饭，我们会溜出家门，早早地爬上房顶，占领有利地形，等待礼花腾空。那时候，即使平常骂我们最欢的大妈大婶，也网开一面，一年一度的国庆礼花，成了我们上房的通行证。由于那时没有那么多的高楼，晚霞中的西山一览脚下。我们的院子就在前门西侧一点，天安门广场更是看得真真的，仿佛就在眼前，连放礼花的大炮都看得很清楚。看着晚霞一点点消失，等候着夜幕一点点降临，就像等待着一场大戏上演一样。我们坐在鱼鳞瓦上，心里充满期待，也有些焦急，不住问身边的大哥哥大姐姐：礼花什么时候放呀？

其实，我们心里谁都清楚，让我们期待和焦急的，不仅仅是礼花点燃的那一瞬间，更是礼花放完的那一刻。由于年年国庆都要爬到房顶上看礼花，我们都有了经验：随着礼花腾空会有好多白色的小降落伞，一般国庆那一天都会有东风，那些小降落伞便都会随风飘过来。燃放礼花的那一瞬间，我们会稳稳坐在那里，看夜空中色彩绚丽的礼花，绽放在我们的头顶。当降落伞飘来的那一刻，我们会立刻大叫着，一下子都跳了起来，伸出早已经准备好的妈妈晾衣服的竹竿，争先恐后去够那些小小的降落伞。

当然，够得着够不着，全凭风的大小和运气了。因为那一刻，附近四合院的鱼鳞瓦顶上站满和我们一样的孩子，在和我们一样伸着竹竿够降落伞。风如果小，就被前面院子的孩子够走了；风要是大，降落伞就会像存心逗我们玩似的从我们的头顶飞走。记得国庆十周年时，我上小学五年级，属于大孩子了，那一天晚上，不知是天助我也，还是那一年国庆放的礼花多，降落伞飘飘而来，一个接着一个，让我轻而易举就够着一个，还挺大的个儿，成为我拿到学校显摆的战利品。

也就是从那一年以后，我没再上房玩了。也许，是认为自己长大了吧？

第六辑 简洁是最美的生活

简洁的生活,其实是以少胜多的生活,少的是我们对物质的贪得无厌,多的是对心灵和精神自由展开的空间。

草是怎样一点点绿的

旅居海外时,我住的公寓楼后紧挨着一个无名的小公园,四月份了,却还是一片枯枯的,没有一点颜色。因为到大学去上课,天天从公园穿过,公园便成了我新结识的朋友,它的草地、树丛、山坡、网球场,还有一个小小的植物园,都成为我每天的必经之地,它们一点一滴的变化,都逃不过我的眼睛。

最先让我惊喜的是,有一天清早,我忽然看到公园的草地突然绿了,虽然只是毛茸茸的一层带有鹅黄色的浅绿,却像事先约好了一样,突然从公园的四面八方一起向我跑来。前一天的夜里刚刚下了一场春雨,如丝似缕的春雨是叫醒它们的信使。

我看着它们一天天变绿,渐渐铺成了茵茵的地毯。蒲公英都夹杂在它们草叶间渐渐冒出了小黄花骨朵。但树都还没有任何动静,还是在风中摇动着枯涩的枝条,任草地上的草旺绿旺绿聚拢着浓郁的人气,真是够沉得住气的。一直快到了五一节,才见网球场后面的一片桃花探出了粉红色的小花，没几天，公园边上的一排排梨花也不甘示弱地开出了小白花。然后，看着它们的花蕾一天天绽放饱满，绯红色的云一样，月白色的雾一样，飘落在公园的半空中了。尼考斯公园一下子焕然一新，春意盎然起来。

然后，金色的连翘花也开了，紫色的丁香花也开了，每一朵，每一簇，我都能看得出来它们的变化。变化最快的是连翘，昨天才看见枝条上冒出几星小黄花，今天就看见花朵缀满枝条悬泻下满地的黄金。变化最慢的是一种我叫不上名字的树，很高，开出的花米粒一般，很小，总也不见它长大。近处看，几乎看不到它们，远远地望，一片朦朦胧胧的玫瑰红，在风中摇曳，如同姑娘头上透明的纱巾。这种树，在芝加哥大学的图书馆前的甬道旁铺铺展展的一大片，那玫瑰红便显得分外有阵势，仿佛咱们的安塞腰鼓一样腾起的遮天蔽日的云雾，映得校园弥漫在玫瑰色的雾霭之中。

变化最慢的是树的叶子，几乎所有的花都开了，树的叶子还没有长出来，无论是榉树、梧桐，还是朴树或加拿大杨。一直到芝加哥大学教学楼的墙上的爬山虎都绿了，尼考斯公园草地间的蒲公英的小黄花都落了，长出伞状的蓬松而毛茸茸的种子，它们才很不情愿地长出了树叶。我看见它们一点点冒出小芽，一天天长大，把满树染绿，在风中摇响飒飒的回声。

我知道，这时候才是芝加哥的春天真正地到来了。

我忽然想起在北大荒插队的时候，因为那时常常要打夜班脱谷或收大豆、收小麦，在无边的田野上，坐在驮满麦子和豆荚的马车上回生产队的时候，能够看到夜色是怎样退去，鱼肚白是怎样露出在遥远的地平线上，晨曦又是怎样一点点染红天空，最后，太阳是怎样跳上半空中。生平第一次从头到尾看到天是怎样亮的，就是在北大荒。回到北京之后，我再也没有看到这样天亮的全过程了。

同样，在北京，我也从来没有看过草是怎样一点点绿，花是怎样一点点开，树叶是怎样一点点长出来，春天是怎样一步步走来的全过程。也许，不该怪罪我们的城市，也不该怪罪人生的匆忙，是我们自己把自己的眼睛和心磨得粗糙和麻木，在物质至上的社会里，我们顾及的东西太多，便错过了仔细感受春天到来的全过程。只因为清风朗月不用一文钱，便徒让我们感叹良辰美景奈何天了！

简洁是最美的生活

简洁不是简单。简单,有可能是贫乏或单薄,甚至有可能是可怜巴巴的寒酸。简单,如同枯树枝干,只能够用来烧火,别无他用。简洁也不是我们传统意思上艰苦朴素中的朴素。朴素,当然也是一种很好的品质,但朴素很可能是洗旧的衣服,被阳光晒得发白而缺少了应该具有的色彩。

简洁的洁,不仅仅是干净的意思,这里的洁,包括美的意味。因此,对比简单或朴素,简洁体现更多的是美,而这种美不是唐朝美人那种臃肿肥胖的美,而是那种以简洁线条勾勒出来的现代美。

简洁所呈现出的美,是齐白石和八大山人用最少的笔墨留出最大的空白所画出的写意式的美,是米罗和蒙德里安以干净爽朗的线条色彩和几何图形所构筑的象征性的美。"忽如一夜春风来,千树万树梨花开",不是简洁;"行到闲荷无水面,红莲沉醉白莲酣",更不是简洁。"两个黄鹂鸣翠柳,一行白鹭上青天",就是简洁;"一去二三里,烟村四五家",就是简洁。

简洁,对应的不仅是物化的奢侈豪华,同时也是精神的杂乱无章。千树万树,沉醉酣醉,正是生活坐标系简洁所对应的那奢靡的一极。现代的生活,拜物教的侵蚀,犬儒主义的盛行,人们越来越崇尚物质的占有和享乐,酒池肉林,娇妻美妾,香车豪宅,千金买笑,百杯买醉……欲望像是追求的无底洞,贪婪成了成功的光荣花,赚钱变为了人生第一的需要和幸福的唯一标志。人为物役,钱为君主,心被挤压得千疮百孔尘垢重重,离简洁怎么能不越来越远?甚至以简洁为丢脸而不屑一顾,视简洁为简单而不值一提,就是很自然的事情,一点不足为奇。

不要说那些贪官污吏,那些大款富婆,他们的日子已经发霉,他们生活的字典里早没有了简洁的字眼,酒嗝中散发着腐臭的气味。就是我们普通人的日常生活,和简洁也越来越背离,简洁越来越被遗忘,这是非常可怕的事情。

在我看来,起码有这样三点,一是我们的吃饭,越发变得繁文缛节起来,为吃饭花的心思、浪费的人力物力,不计其数。二是房屋的装修,越发不知节度,巴洛克雕饰罗马柱,红木家具羊皮欧式灯,以豪华以金碧辉煌为美为荣。三是女人的打扮,脸上化妆的脂粉越发厚重,走起路来粉末飞扬,手上脚上的金银饰品越发繁多,不走路都叮咚作响,不是为了点缀而是为炫耀。这些早已和简洁背道而驰,可是我们还以为这样的生活就是我们所期望的幸福和美的生活。

简洁的生活,看似简单,其实是多么地不容易做到,即使我们只是普通人。因为我们就被这样崇尚奢华、制造奢靡、繁衍奢侈的生活包围着,"暖风熏得游人醉,直把杭州作汴州",要想跳出这样的包围,该需要多么坚定的定力。

这种定力,就是要求我们认定:简洁的生活,其实是最美的生活,这是因为这种美里包含着对现代越发堕落的生活的沉淀,沉淀下那些侵蚀我们的杂质和腐蚀剂。

简洁,有时能够产生意想不到的奇迹。就像毫不值钱的麦秸,简洁几下,可以做成漂亮的麦秸画;就像毫不起眼的石头,简洁几斧头,可以做成精美的雕塑;就像毫无色彩的芦苇,却可以做成洁白的纸张;就像毫无分量的竹子,只要简洁地凿几个眼,可以做成能够吹出美妙旋律的笛子。

没错,简洁的生活,其实是以少胜多的生活,少的是我们对物质的贪得无厌,多的是对心灵和精神自由展开的空间,让我们的心里多一些音乐般美好的旋律。

简洁,看起来是生活的一种方式,是审美的一种要求;其实,更是现代精神自由的一种体现,是价值系统平衡的一个支点。

孤独的吹笛人

麦迪逊是一座美丽的大学城,四面环湖,走不多远,就可以走到透明的湖边,湖水是这座城市须臾不离的朋友。

这座城市还有一位须臾不离的朋友,是个吹笛子的老人。他成了这座城市叫不上名字的名人,满城的人几乎都认识他。

那天,我乘车路过一个十字街口,红灯停车的时候,同车的人指着对面一个骑自行车的老人,对我说:看,就是他,那个吹笛子的人!

他穿着一身橙黄色的衣服,连脚下的一双塑料的大盖拖鞋都是橙黄色的,异常艳丽,在阳光的照耀下熠熠闪光,能够从人流中一眼分辨出来。这里的人们告诉我,他一年四季都穿着这身衣服,从来也没有见他更换过,却从来都是干干净净。不知道他是有意识这样穿着,为的就是特立独行,还是他家里家外就这样一身皮。

他们回答了我的这个疑问：他是一个流浪汉，谁也不知道他在这里吹了多少年的笛子，他住在这座城市的哪个角落里，以及他命运的前生今世。人们只知道，他每天跟这些学生上课一样，天亮的时候，准时出现在这座城市里，或在校园的图书馆前，或在校园的广场上，或在州政府前的步行街上，或在风中，或在雨里，或在纷纷飘落的雪花下，吹着他的笛子。吹得老的一届学生毕业了，吹得新的一届学生到来。春来春去不相关，花开花落不间断。

他的面前放着一个小盒子，姜太公钓鱼一般，听凭路过的行人或是充耳不闻，或是往里面丢一点钱，他目不斜视，只管吹他的笛子，似乎笛子里有他的一切。从他身旁经过的，大多是威斯康星大学的学生，总会有好心的学生往盒子里丢钱，靠着盒子里的这些钱，他足可以在这里生活下去。可以说，如同这里的湖水滋润着这座城市一样，这座城市大学的学生养活了他。多少年来，他一直舍不得离开这座城市，而流浪到别处去。

吹笛人的经历，谈不上传奇，也谈不上神秘，他成了这座城市一种惯性的存在，让我感动的是，这座城市对一个孤独流浪汉的宽容，并没有因为他流浪汉的身份而被收留到收容所里去；同时也感到这座城市大学生的善良，他们愿意多听一种声音，在城市的风声雨声读书声之外，多一种笛声的陪伴，让自己的心多一点滋润，便也让一个孤独老人多一点宽慰。于是，这么多年，他们与这位吹笛人，相看两不厌，吹笛人成了这座城市的一面风景，而不是在许多城市里流浪汉被当成一块补丁。

在十字街口见到他的第二天，麦迪逊举办每年一次的万人长跑比赛，出发点在州政府大厦前面的广场上。没有想到，在熙熙攘攘的人群中，我再次看见了这位吹笛人。他坐在马路的沿子上面，一条腿横陈在路上，一条腿蜷缩着，拿笛子的一只胳膊正好架在这条腿上，据说这是他习惯的姿势。他的对面，两个靠在橱窗边的摇滚歌手，正在摆弄着架子鼓和电吉他，仿佛彼此打擂。他不管他们，只管吹自己的笛子。这次因为离他很近，我看得很清楚，他已经很老了，起码有六十多岁了，一脸苍黄的胡须，他手里的笛子，类似我们的竹笛，但很短，在他骨节粗大的手中，显得很小，像个玩具。

我走过去为他拍照，离他很近，他看见了我，没有反对，也没有任何表情，仍然在吹他的笛子，笛声并不怎么悠扬，技艺一般。但是，这座城市已经缺少不了他的笛声。

平安即福

有一首苏格兰的民歌，我们有人把它的名字翻译成为《友谊地久天长》，也有人把的它的名字翻译成为《一路平安》。我特别喜欢后一种翻译，因为这样道出了人类对于自身普遍的一种企盼，就像是自己的喃喃自语，自己在为自己祝福。这是一首非常好听的歌，也是一首慢四步的舞曲，常常放在晚会的最后，让大家随着它的节拍悠扬地跳起舞来，在临分别的时候响起心底的祝福，就是一路平安。有时候想一想，人的一生是福是祸，是升官是发财，是拥有香车宝马是拥有娇妻美女，都没有什么了不起的，对比人生只有一次的生命来说，都是打不起分量的。因此，可以这样说，对于我们，还有什么比生命之中那一路平安的祝福更重要更让人踏实的呢？

30多年前，我和弟弟分别离开北京，到北大荒和青海油田，名副其实是一个上山一个下乡，天苍苍，野茫茫，那是两个离北京那样遥远的地方。分手之际，伙伴们送给我们的祝福大多是"不辜负青春大好年华""志存胸内耀红日，乐在天涯战恶风"之类。在那革命年代里，语言染上的色彩都是那样的醒目，膨胀着我们激荡的血液。那时父母都还健在，他们没有那样的气宇轩昂，只是在我们临走前简单地嘱咐道："注意身体，一路平安。"而院子里的张大爷在我和弟弟走之前显得更是不合时尚，他执意送我和弟弟的都是用海尚蓝布包着的一包土，说是到了外头容易水土不服，用水泡点儿土喝，就不会得病了。那时候，头脑冲动的我们，并没有把他们的这些话和这包土当回事，还觉得他们头脑落后和迷信，没走到火车站就都被我们扔进了垃圾箱。

日子将浅薄的青春磨褪了光鲜的颜色之后，现在才多少明白了，其实他们的意思是一样的：没灾没病即是福，平平安安即是福。这是经历了沧桑的老人对人生最质朴的要求，却是普通人最重要的企盼。

大约在33年前，我在北大荒的春天播种，是大豆的种子，拖拉机拉着播种机，播种机的边上有一个划印器，种子就以它在黑土地划出的印记为坐标，一粒粒地从播种机里撒进泥土里。那时，我不知轻重，以为一切如春天一样的美好，可就是在那一年的春天，划印器的弹簧突然坏了，飞起的划印器的弹簧一下子毫不留情地打在我的右眼角上，立刻鲜血直流。我捂着眼睛被送到卫生室缝了四针，没有麻药，就那样跟缝被子似的生生地缝上了。那赤脚大夫说差一点就打瞎了你的眼睛了！我才第一次体会到离开北京时父母和张大爷的嘱咐是多么重要，平安即是福呀！

　　大约在21年前，那时我正在中央戏剧学院读四年级的最后一个学期，学院要求做毕业实习，我毫不犹豫地选择去了青海。那是我第一次到青海油田去看望弟弟，那是我第一次见到高耸的井架，斯大林曾经说过你如果没有见到井架就等于什么也没见过。一片瀚海沙漠，矗立着孤零零的井架，高高地和蓝天流云对话，确实非常气魄，也非常寂寥。有一次，我到井上参观，已经登上那井架的好几级台阶了，井队的队长跑了过来，急匆匆地爬上井架，将他的那顶黄色的安全帽递给了我，嘱咐了一句："戴上，注意安全。"事后弟弟对我说，有一次井上出了事故，井架上掉下一块卡瓦，那时队长正在井架上面，直冲弟弟叫："快躲开！"那铁家伙还是冲他的头飞来，幸亏他戴着安全帽，卡瓦只砸坏了安全帽，没伤着脑袋。我才明白那顶看似普通的安全帽，对于人的生命的重要。没错，平安即福。

　　失去了都可以再重新找回来，唯独失去的生命是再也无法唤回来了。在莽撞如牛的滔滔江水面前，人的生命是如此的脆弱；在我们所不可预料的命运面前，平安对于我们是多么的重要。还有什么比我们心底的祈祷更神圣的呢？山顶上藏庙前被雨水淋湿的经幡在风中猎猎摇动的都是同样一句祈祷：平安即福。

　　如今，我和弟弟早就都回到了北京。我带回了右眼旁永远不会消失的那块伤疤，弟弟带回了那顶救过他性命的安全帽。

　　如今，这个世界越来越不太平，意外的灾难如同影子一样总是紧紧地跟随着我们人类。

如今,我们的孩子也长到和我们当年一般大,要去美国读博,也就要离开家了,和我们当年一样不管不顾,一副四海为家的样子。

如今,我们如当年父母和院子里的张大爷一样变得树老根多人老话多起来了,我们一再地嘱咐我们的孩子:没灾没病即是福,平平安安即是福。

在世世代代中沉淀的老话,是岁月的结晶。没错,平安即福,是我们人类最朴素也最重要的祈祷。

宽容是一种爱

有一首小诗这样写道："学会宽容/也学会爱/不要听信青蛙们的嘲笑/蝌蚪/那又黑又长的尾巴……/允许蝌蚪的存在/才会有夏夜的蛙声。"

宽容是一种爱。

在竞争激烈的社会，在唯利是图的商业时代，宽容同忠厚一样都成了无用的别名，让位于针尖麦芒斤斤计较，最起码也成了你来我往的ＡＡ制的记账方式。但是，我还要说：宽容是一种爱。

18世纪的法国科学家普鲁斯特和贝索勒是一对论敌，他们对定比这一定律争论了9年之久，各执一词，谁也不让谁。最后的结果，是以普鲁斯特胜利而告终，普鲁斯特成为定比这一科学定律的发明者。普鲁斯特并未因此而得意忘形，据天功为己有。他真诚地对曾激烈反对过他的论敌贝索勒说："要不是你一次次的质难，我是很难深入地研究这个定比定律的。"同时，他特别向公众宣告，发现定比定律，贝索勒有一半的功劳。

这就是宽容。允许别人的反对，并不计较别人的态度，而充分看待别人的长处，并吸收其营养。这种宽容是一泓温情而透明的湖，让所有一切映在湖面上，天色云彩、落花流水。这种宽容让人感动。

我们的生活日益纷繁复杂，头顶的天空并不尽是凡·高涂抹的一片灿烂的金黄色，脚下的大地也不尽是水泥方砖铺就的天安门广场一样平平坦坦。不尽人意、烦恼、忧愁，甚至能让我们恼怒、无法容忍的事情，可能天天会摩肩接踵而来，才下眉头，又上心头，抽刀断水水更流。我所说的宽容，并不是让你毫无原则去一味退让。宽容的前提是对那些可宽容的人或事宽容；宽容的内心是爱。宽容，不是去对付，去虚与委蛇，而是以心对心去包容，去化解，去让这个越发世故、物化和势利的粗糙世界变得湿润一些，而不是什么都要剑拔弩张，什么都要斤斤计较，什么都要你死我活，什么都要勾心斗角。即使我们一时难以做到如普鲁斯特一样成为一泓深邃的湖，我们起码可以做到如一只青蛙去宽容蝌蚪一样，让温暖的夏夜充满嘹亮的蛙鸣。我们面前的世界不也会多一份美好，自己的心里不也多一些宽慰吗？

宽容是一种爱，要相信，斤斤计较的人、工于心计的人、心胸狭窄的人、心狠手辣的人……可能一时会占很多便宜，或阴谋得逞，或飞黄腾达，或春光占尽，或独霸鳌头……但不要对宽容的力量丧失信心。用宽容所付出的爱,在以后的日子里总有一天一定会得到回报,也许来自你朋友,也许来自你的对手,也许来自你的上司,也许更来自时间的检验。

宽容,是我们自己一幅健康的心电图,是这个世界上一张美好的通行证!

记住:人往高处走,高处不胜寒。水往低处流,低处纳百川。

等那一束光

老顾是我的中学同学,又一起插队到北大荒,一起当老师回北京,生活和命运轨迹基本相同。不同的是,他喜欢浪迹天涯,喜欢摄影,在北大荒时,他就想有一台照相机,背着它,就像猎人背着猎枪,如同没有缰绳和笼头的野马一样到处游逛。攒钱买照相机,成了他那时的梦。

如今,照相机早不在话下,专业成套的摄影器材,以及各种户外设备包括衣服鞋子和帐篷,应有尽有。退休之前,又早早买下一辆四轮驱动的越野车,连越野轮胎都已经备好。万事俱备,只欠东风,只要退休令一下,立刻动身去西藏。这是这些年早就盘算好的计划,成了他一个新的梦。

他就是这样一个人,我说他总是活在梦中,而不是现实中,便总事与愿违。现实是,他在单位当第一把手,因为后任总难以到位,过了退休年龄三年了,还不让他退。他不是恋栈的人,这让他非常地难受，这三年让他度日如年。终于，今年春节过后，他退休了。这时候，我们北大荒要编一本回忆录，请他写写自己的青春回忆，他婉言拒绝，说他不愿意回头看，只想往前走，他现在要做的事不是怀旧，而是摩拳擦掌准备夏天去西藏。等到夏天，他开着他的越野车，一猛子去了西藏，扬蹄似风，如愿以偿。

终于来到了他梦想中的阿里，看见了古格王朝遗址。这个三四百年前就消失的王朝，如今只剩下了依山而建的土黄色古堡的断壁残垣，立在那里，无语诉沧桑般，和他对视，仿佛辨认着彼此前生今世的因缘。正是黄昏，高原的风有些料峭，古堡背后的雪山模糊不清，主要是天上的云太厚，遮挡住了落日的光芒。凭着他摄影的经验和眼光，如果能有一束光透过云层，打在古堡最上层的那一座倾圮残败的宫殿顶端，在四周一片暗色古堡的映衬下，那将会是一幅绝妙的摄影作品。他禁不住抬起头又望了望，发现那不是宫殿，而是一座寺庙，白色青色和铅灰色云彩下，显得几分幽深莫测，分外神秘。这增加了他的渴望。

他等候云层破开，有一束落日的光照射在寺庙的顶上。可惜，那一束光总是不愿意出现。像等待戈多一样，他站在那里空等了许久。天色渐渐暗下来，他只好开着车离开了，但是，开出了二十多分钟，总觉得那一束光在身后追着他，刺着他，恋人一般不舍他，鬼使神差，他忍不住掉头把车又开了回来。他觉得那一束光应该出现，他不该错过。果然，那一束光好像故意在和他捉迷藏一样,就在他离开不久时出现了,灿烂地挥洒在整座古堡的上面。他赶回来的时候,云层正在收敛,那一束光像是正在被收进潘多拉的魔盒。他大喜过望,赶紧跳下车,端起相机,对准那束光,连拍了两张,等他要拍第三张的时候,那束光肃穆而迅速地消失了,如同舞台上大幕闭合,风停雨住,音乐声戛然而止。

往返整整一万公里,他回到北京,让我看他拍摄的那一束光照射古格城堡寺庙顶上的照片,第二张,那束光不多不少,正好集中打在了寺庙的尖顶上,由于四周已经沉淀一片幽暗,那束光分外灿烂,不是常见的火红色、橘黄色或琥珀色,而是藏传佛教经幡里常见的那种金色,像是一束天光在那里明亮地燃烧,又像是一颗心脏在那里温暖地跳跃。

不知怎么,我想起了音乐家海顿,晚年时他听自己创作的歌剧《创世纪》,听到"天上要有星光"那一段时,他蓦地从座位上站起来,指着上天情不自禁地叫道:"光就是从那里来的!"在一个越发物化的世界,在各种资讯焦虑和欲望膨胀,搅拌得心绪焦灼的现实面前,保持青春时拥有的一份梦想,和一份相对的神清思澈,如海顿和我的同学老顾一样,还能够看到那一束光,并为此愿意等候那一束光,是幸福的,令人羡慕的。

生命的平衡

不知道你相信不相信，无论什么样的生命，在短促或漫长的人生中都需要平衡，并且都会在最终得到平衡的。

那年我去土耳其，遇见当今被称为土耳其首富的萨班哲先生。说萨班哲先生是土耳其的首富，并不虚传，并不夸张，在大街上所有跑的丰田汽车，都是他家生产的；凡是有蓝底白字SA字母牌子的地方，都是他家的产业；凡是标有蓝底白字SA字母商标的东西，都是他家的产品。在土耳其，SA的标志，触目皆是；萨班哲的名字，家喻户晓。

如此富有的人，却也有命运不济的地方，他的两个孩子，一个儿子，一个女儿，都是残疾弱智。命运，就是和他这样开着残酷的玩笑。他却以为这其实就是生命给予他的一种平衡，而不去怨天尤人。他的想法，和我们古人的想法很有些相似之处：人有悲欢离合，月有阴晴圆缺，此事古难全。想到这一点，他的心也就自然平衡了。他想开了，惩罚也可以变成回报，两者之间沟通需要的就是生命的平衡力量。他便将他的钱，不是仅仅留给两个孩子，而是在伊斯坦布尔为残疾人修建了一座公园，公园里所有的器械都是为残疾人专门设计的，就连游乐场上的摇椅，都有供残疾人不用离开轮椅而自动坐上坐下的自动装置。他希望以自己能够做到的事情来平衡更多残疾人不如意的生活，从而使自己不如意的生活达到新的平衡。

那天，我们去参观以他的名字命名的萨班哲博物馆。博物馆建在博斯普鲁斯海峡的岸边，非常漂亮。这里原来是他的私人住宅，捐献出来改建成了博物馆。在这座博物馆里，最有趣的是，一间陈列室里，挂的全部都是萨班哲先生的漫画。萨班哲先生请来土耳其的漫画家们，让他们怎么丑怎么画，越丑越好，画成了这样满满一屋子的漫画。有时候，他到这里来看一屋子包围着他的、画着他的那一幅幅丑态百出的漫画，他很开心，他在这里找到了在外面被人或鲜花或镜头所簇拥着、恭维着所没有的平衡。萨班哲洞悉世事沧桑，彻悟到了人生三味。他实在是一个智慧的老头，懂得平衡的真谛。

我们能够拥有他这样洒脱而潇洒的心态吗？我们能够拥有他这样宠辱不惊的自我平衡的力量吗？如果我们也一样拥有，我们的人生就会过得充实而愉快，而不会因为一时的得意而忘乎所以，因一时的失意而绝望到底。生命平衡的力量，其实就是我们平常生活的定力，是我们琐碎人生的定海神针。

学会感恩

西方有一个感恩节。那一天,要吃火鸡、南瓜馅饼和红莓果酱。那一天,无论天南地北,再远的孩子,也要赶回家。

总有一种遗憾,我们国家的节日很多,唯独缺少一个感恩节,我们也可以东施效颦吃火鸡、南瓜馅饼和红莓果酱,我们也可以千里万里赶回家,但那一切并不是为了感恩,团聚的热闹总是多于感恩。

没有阳光,就没有日子的温暖;没有雨露,就没有五谷的丰登;没有水源,就没有生命;没有父母,就没有我们自己;没有亲情友情和爱情,世界就会是一片孤独和黑暗。这些都是浅显的道理,没有人会不懂,但是,我们常常缺少一种感恩的思想和心理。

"谁言寸草心,报得三春晖""谁知盘中餐,粒粒皆辛苦",我们小时候背诵的诗句,讲的就是要感恩。滴水之恩,涌泉相报；衔环结草，以报恩德，中国绵延多少年的古老成语，告诉我们的也是要感恩。但是，这样的古训并没有渗进我们的血液，有时候，我们常常忘记了，无论生活还是生命，都需要感恩。

蜜蜂从花丛中采完蜜，还知道嗡嗡地唱着道谢；树叶被清风吹得凉爽，还知道飒飒地响着道谢。但是，我们还不如蜜蜂和树叶，有时候，我们往往容易忘记了需要感恩。

没错，感恩的敌人，是忘恩负义。但是，真正忘恩负义的人毕竟是少数，大多数的人们常常对别人给予自己的帮助和情谊、恩惠和德泽，以为是理所当然，便容易忽略或忘记，有意无意地站在了感恩的对立面。难道不是吗？我们父母给予我们的爱，常常是细小琐碎却无微不至，我们不仅常常觉得就应该这样，而且还觉得他们人老话多，树老根多，嫌烦呢。而我们自己呢，哪怕是同学或是情人的生日，都不会错过他们的Party，偏偏记不清父母的生日，就并不是什么奇怪的事情了。

懂得感恩的人，往往是有谦虚之德的人，是有敬畏之心的人。对待比自己弱小的人，知道要躬身弯腰，便是属于前者；感恩上苍懂得要抬头仰视，便是属于后者。因此，哪怕是比自己再弱小的人给予自己的哪怕是一点一滴的帮助，这样的人也是不敢轻视、不能忘记的。跪拜在教堂里的那些人，仰望着从教堂彩色的玻璃窗中洒进的阳光，是怀着感恩之情的，纵使我并不相信上帝的存在，但我总是被那种神情感动。

恨多于爱的人，一般容易缺乏感恩之情。心里被怨恨涨满的人，便像是被雨水淹没的田园，很难再吸收进新的水分，便很难再长出感恩的花朵或禾苗。

不懂得忏悔的人，一般也容易缺乏感恩之情。道理很简单，这样的人，往往唯我独尊，一切都是他对，他从来都没有错，对于别人给予他的帮助，特别是指出他的错误弥补他闪失的帮助，他怎么会在意呢？不仅不会在意，而且还可能会觉得这样的帮助是多余是当面让他下不来台呢。这样的人，心如冰硬板结的水泥地板，水是打不湿的，便也就难以再松软得能够钻出惊蛰的小虫来，鸣叫出哪怕再微弱的感恩之声来。

财富过大并钻进钱眼里出不来，和权力过重并沉溺权力欲出不来的人，一般更容易缺乏感恩之情。因为这样的人会觉得他们是施恩于别人的主儿，别人怎么会对他们施恩且需要回报呢？这样的人，大腹便便，习惯于昂着头走路，已经很难再弯下腰、蹲下身来，更难以鞠躬或磕头感恩于人了。

虽说大恩不言谢，但是，感恩一定不要仅发于心而止于口，对你需要感谢的人，一定要把感恩之意说出来，把感恩之情表达出来。美国曾经有这样一则传说，一个村子里，一家人围坐在餐桌前吃饭，母亲端上来的却是一盆稻草。全家都很奇怪，不知道这究竟是怎么一回事。母亲说："我给你们做了一辈子的饭，你们从来没有说过一句感谢的话，称赞一下饭菜好吃，这和吃稻草有什么区别！"连世上最不求回报的母亲都渴望听到哪怕一点感谢的回声，那么我们对待别人给予的帮助和恩情，就更需要把感恩的话说出来。那不仅是为了表示感谢，更是一种内心的交流。在这样的交流中，我们会感到世界因这样的息息相通而变得格外美好。

我在报上看到这样一则消息：湖南两姊妹在小时候不慎落水，被一个好心人救起，那人没有留下姓名就走了。两姊妹和她们的父母觉得，生命是人家救的，却连一声感谢的话都没有对人家说，发誓一定要找到这个恩人。他们整整找了20年，两姊妹的父亲去世了，她们和母亲接着千方百计地寻找，终于找到了这位恩人，为的就是感恩。两姊妹跪在地上向恩人感恩的时候，她们两人和那位恩人以及过路的人们禁不住落下了眼泪。这事让我很难忘怀，两姊妹漫长20年的行动告诉我，到什么时候都不要忘记对有恩于你的人表示感恩。而感恩的那一瞬间，世界变得多么的温馨美好。

我永远也不会忘记几年前的一件事情。那天，我在崇文门地铁站等候地铁，一个四五岁的小男孩，从站台的另一边跑了过来。因为是冬天，羽绒服把小男孩撑得圆嘟嘟的，像个小皮球滚动过来。他问我到雍和宫坐地铁哪站近，我告诉他就在他的那边。他高兴地又跑了回去，我看见那边他的妈妈在等着他。等了半天，地铁也没有来，我走了，准备上去找个"的"。我已经快走到楼梯最上面的出口处了，听到小男孩在后面"叔叔，叔叔"的叫我。我不知道他要干什么，便站在那里等他，看着他一脑门子热汗珠儿地跑到我的面前，我问他有事吗，他气喘吁吁地说："我刚才忘了跟您说声谢谢了。妈妈问我说谢谢了吗。我说忘了，妈妈让我追你。"我永远不会忘记那个孩子和那位母亲，他们让我永远不要忘记学会感恩，对世界上不管什么人给予自己的哪怕是再微不足道的帮助和关怀，也不要忘记了感恩。

忽然想起了棉花

如今，在城里已经很少能见到棉花了。

这想法，是在偶然间一闪而过的。闪过之后，我有些吃惊。人真的可以不需要棉花了吗？城市真的可以离开棉花了吗？在人类发展史上，棉花的出现，曾经是何等的重要，它让人终于可以不用树叶、兽皮遮羞、取暖，而用棉花纺线织布，创造出了衣服。

如今，在城里衣服已经被服装甚至时装取代了。五颜六色的服装和时装，款式越来越新潮，面料用纯棉布的已经很少了。混纺品、化纤品，早已粉墨登场。即使原来要絮棉花的棉衣，里面早用羽绒了；原来要弹棉花套的棉被，里面早用太空棉了。

棉花，在城里越来越难见到了。

忽然意识到这一点，我不知道是有些伤感，还是高兴。是因为城市发展得太快、科技发展得太快，棉花已经被更新换代而显得落后？还是因为我们已经越来越远离了淳朴天真的大自然，崇尚的再不是田野里热烘烘阳光和晶莹湿润雨露滋养出来的东西，而是那些人造的、合成的、经过分子式重新排列组合的化学反应之后的东西了？

如今，谁会再穿用棉花絮得老厚老厚笨重的棉袄棉裤呢？

棉花，当然渐渐离我们远去了。

记得小时候，甚至年轻的时候，在城里还能见到棉花。虽然不多，但是还能见到。那时，每年每人能有半斤棉花票，可以用这棉花票买到棉花。每半斤棉花用纸包好一圈，两头露着雪白雪白的棉花，再用纸绳系好，从商店提到家，身上沾着好多棉絮，很像是从田间棉花地里走来。棉花很轻，半斤是不小的一包呢，蓬蓬松松，提着棉花，连自己的身子都变得轻了，走起道来，像是踩着棉花一样飘忽。买棉花总能给人带来轻松。大概因为棉花本来就轻松、洁白的原因吧，将人的心情也絮得绵软了。

那时候，家里的棉被、棉衣，都是妈妈用棉花絮的。她老人家坐在床里边，把雪白的棉花摊开在自己身边，把棉花摊平，一层层絮下来，不一会儿，满床都是平展展的棉花了。她便像坐在一片白云彩里面了。而她的手上、眉毛上、头发上，沾满了棉花毛儿，满屋子里飘飞着棉花毛儿，处处看得见、闻得到来自田野的清新气息。尤其是当棉衣和棉被被絮好了新棉花，拿到院子里晾衣绳上一晾，穿在身上或盖在身上之后，能闻得见、感觉得到阳光的味道和分量，全是由于棉花可以像吸水一样将阳光吸满每一丝棉絮里去了呀……

如今,还能找得到这种感觉和乐趣吗?我们可以穿上羽绒服、盖上太空被,可以很保暖、很美观,但没有了棉花能给予我们的那种感觉了。

那时候,过年开联欢会时,我常和小伙伴们用棉花粘在嘴上和眼眶上面,当作白胡子、白眉毛,装扮成新年老人登台演节目。棉花,总能意想不到地帮助我们这些调皮的小孩子,便宜得不用花一分钱就成全我们好多好事。棉花,是我们童年要好的伙伴,温暖着我们伴着我们长大……

如今的小孩子们,可以花一元钱,买上一大团棉花糖。雪白、雪白的,像是棉花,毕竟不是真正的棉花。

孤单的雪人

北京一冬天没有雪,开春了,却一连下了三场雪,纷纷扬扬的,还挺大,仿佛憋足了气,赶来赴什么约会,有什么最后的晚餐似的,过了这村就没这个店的感觉。

下最大的那场春雪的那天上午,我刚出楼门口,看见楼前的空地上一个四五岁的小男孩,拿着一个玩具小铁锹在铲雪堆雪人,他的身旁是两位老人,爷爷奶奶,或者姥姥姥爷,帮助他一起堆。不过,那雪人堆得很小,两老一小,总也堆不起来太多的雪。我对他们喊了句:滚雪球呀!那样多快!可老太太对我说:不知今年的雪怎么了,不怎么成个儿,雪球滚不起来!也是,今年的雪松散得很,有人说是春雪的缘故,也有人说是人工降雪的缘故。

正说着话,孩子的父母从楼里出来了,爸爸脖子上挎着一台单反相机,一看就是尼康D700,妈妈手里拿着一根胡萝卜和一张画报纸叠的帽子，是准备给雪人的装束。然后，就看见妈妈边给雪人插鼻子戴帽子边喊着：快来，宝贝儿，照张相！就看见几个大人开始摆弄孩子，孩子站着、蹲在雪人的身前身后，伸着小手，歪着脑袋，笑着摆着各种姿势，和显得有些瘦弱得营养不良的雪人合影。不用说，在妈妈爸爸的带领下，孩子常照相，已经是老手，习惯的姿势，轻车熟路。

我心想，堆雪人真的是经典的儿童游戏，时代再怎么变，游戏的内容和方式再怎么变，堆雪人如同经年不化的琥珀，是大自然送给孩子们一款最老也是最好的礼物了。不过，想想，我小时候，堆雪人之前，总要滚一个好大的雪球，孩子们用冻成胡萝卜一样的小手滚雪球，呼叫着，边攥起雪球打别的孩子或塞进他的脖领子里找乐，边滚雪球，闹成一团，把雪球越滚越大的时候，最为快乐。如今却是难以把雪球再滚起来了，孩子的乐趣也少了好多。就好像做鱼少了腌制的那一道程序，鱼还是那条鱼，做出来却不怎么入味。

回头看时，看到那孩子噼里啪啦一通照，已经照完了，一家四位大人正领着孩子回家走呢。心里更想，雪人还是雪人，堆的过程简化了，堆完后玩的过程也简化了，最后就成了照相，雪人只是一个陪衬。

走不远，看到一个小姑娘，大约也就三岁的样子，她的身旁一个小小的雪人已经堆好了。同样，一对父母正在给她拍照，几乎和那个小男孩一样，也摆着各种熟练的姿势，大多相同，是那种歪着脑袋，小手伸出两根手指，做出V字形的样子。数码相机的普及，可怜了雪人的功能，就剩下了一种，孩子照相时候的一个道具或背景，就像儿童照相馆里那些一样。留念，比玩本身重要了。

还想，这个女孩，和那个男孩，各堆各的雪人，各照各的相，两条平行线一样，很难交叉。也许都是独生子女的缘故吧，又各住各的楼，即使住同一栋楼，各家防盗大铁门一关，老死不相往来，雪人跟着他们一起孤单起来。想起我小时候，大院的孩子从各家的窗户玻璃里就看见有人在堆雪人了，呼叫着跑出屋，香仨臭俩的，天天上房揭瓦疯玩在一起，拉都拉不开，不凑在一起都不行。忽然明白了，这也是那时候的雪人大的一个原因吧。

中午回来时候，雪已经停了，毕竟是春天，再大的雪化得也快。走进小区，看见那两个孤单的小雪人，已经如巧克力一样黑乎乎地坍塌一地。我想起曾经看过的一部叫作《雪孩子》的动画片，那里的雪人充满想象，变化无穷，活得或者说陪伴孩子们时间那样长久，发生过那样多美好的故事。当然，那是个童话。如今的雪人，还属于孩子，却难有属于孩子的童话了。

树的敬畏

今天，如果你问一个人，树有什么作用？他可能会说，绿化环境，调节气候。他还可能会说，做家具，做筷子，做纸巾。但是，所有这些用途，都是将树为人所用，人都显得比树聪明。但是，树曾经却与人的心灵相连，让人感觉神圣无比。

古罗马的哲学家奥古斯丁，羞愧于情欲的纠缠而跪拜忏悔。然而，他没有去教堂的十字架前，而是跪倒在一棵无花果树下。古罗马的诗人奥维德，在其伟大诗篇《变形记》中所写的菲德勒和包喀斯那一对老夫妇，希望自己死后不要变成别的什么，只要变成守护神殿的两棵树：一棵橡树，一棵椴树。

树是让人敬畏的。在苏联作家柯切托夫的作品里，市政府为了一株古树，开会研究，让正在修的道路拐了一个弯，给这株古树让路。而在法国作家于·列那尔的笔下，即使面对一棵普通的树，他也会平等而亲切地把树枝树叶和树根称为一家人："他们那些修长的枝柯相互抚摸，像盲人一样，以确信大家都在。"

我国古代也不乏对树的敬畏。北京孔庙有传说将奸臣严嵩的官帽刮掉的触奸柏；陕西黄帝陵前有生长了上千年的黄帝手植柏；药王孙思邈庙四周，有相传是家中女人为上山修庙男人节省粮食而吞吃柏树籽死后变成的森森古柏：无一不充满着对树的敬重。明朝在北京建都时，到四川伐下参天大树，如神加以供奉。皇帝把堆放神树的地方称为神木厂（如今的花市大街），同样对树充满着敬畏之心。

如今，我们还有这样的敬畏之心吗？不能说一点也没有。听说不少的城市管理者为了"保护古树"，把千百里之外的古树移栽到城里。为此，不少人从事着这样找树移树的中间商工作。他们以为把古树请到城里来，就是一种对树的敬畏，好像它们再也不用在荒郊野外餐风饮露了，可以过上饭来张口衣来伸手的日子了。但是，纵使人们天天浇水施肥，再加以护栏保护，它们还是很快死掉了。我曾经去过一个城市，人们把附近山林里生长的一种在恐龙时代就有的古老树种——桫椤树（我国二级保护植物），连根带土移栽过来，精心伺候。可结果是一样的，珍贵而美丽的桫椤树死掉了。

以为请来古树就会增加城市的文化与历史的厚重，以便招商引资或拓展旅游，那是一厢情愿的事情，是为了自己打算而不是为了树的利益。而那些疯狂地去找树移树的人，不过像是以前为皇帝或富贵人家找妃子一样，亦是为了钱而不顾及树的生命。

契诃夫在他的剧本《万尼亚舅舅》里，借工程师阿斯特罗夫的口，一再表达他自己的这种思想：森林能够教会人们领悟美好的事物；森林是我们人类的美学老师。

巴乌斯托夫斯基在他的小说《森林的故事》里，将契诃夫这一思想阐释得更为淋漓尽致。他说："我们可以看到森林淋漓尽致地表现了庄严的美丽和自然界的雄伟，那美丽和雄伟还带有几分神秘色彩。这给森林添上特别的魅力，在我们的森林深处产生着诗的真正的珠宝。" 他借用普希金的诗说，森林是"我们严峻日子里的女友"。

我想，也许只有森林覆盖率很高的国家的人们，才会和森林有着如此密切彻骨的关系，才会对森林产生那样发自心底的向往和崇敬。森林很少而且越来越少，我们离美也就越来越远。对于森林，我们更看重的是它的实用价值。最好它被采伐后的木头直接变成了我们的房子和家具，乃至筷子和火柴。"我们严峻日子里的女友"，也就变成了灯红酒绿时分风情万种的女仆。

在商业时代，树只是一种商品而不再是一种自然之神。我们再也不会将树称为神木，更不会跪倒在一棵树下，或希望自己死后变成一棵树。

大自然的情感

可能是虚构越发远离真实，脂粉过重让美人日渐打折，我现在对作家笔下的文字心存怀疑，便自立法门，其中之一，看他们对大自然的态度和描写，来衡量其真伪与深浅。这是一张pH试纸，灵验得很。普里什文说过："在大自然中，谁也无法隐藏自己的心迹。"

一直喜欢普里什文。在这个始乱终弃的时代，没有一个人能够如普里什文倾其一生的情感和笔墨，专注书写大自然。

"我以为是微风过处，一张老树叶抖动了一下，却原来是第一只蝴蝶飞出来了。我以为是自己眼冒金星，却原来是第一朵花儿开放了。"谁能够有这样的眼睛？"在一支支春水曾经流过的地方，如今是一条条花河。走在这花草似锦的地方，我感到心旷神怡，我想：'这么看来，浑浊的春水没有白流啊！'"谁能够有这样的情感？"春天暖夜河边捕鱼，忽然看见身后站着十几个人，生怕又是偷渔网的，急奔过去，原来是十来株小白桦，夜来穿上春装，人似的站在美丽的夜色中……"谁能够有这样的心思？

　　只有普里什文。这样的眼睛，是大自然的眼睛；这样的情感和心思，和大自然相通。也可以说，这样的眼睛、情感和心思，属于大自然，也属于童话和赤子之心。

　　我信任的另一位作家是于·列那尔，源于他曾经这样写过一棵普通的树，他把树枝树叶和树根称为一家人："他们那些修长的枝柯相互抚摸，像盲人一样，以确信大家都在。"就是这一句，让我感动并难忘。他还曾经这样描写一只普通的燕子，他把它看作和自己一样写文章的人："如果你懂得希腊和拉丁文，而我，我认识烟囱上的燕子在空中写出来的希伯来文。"他以平等的视角和姿态，将树和燕子视作与人一样。确实，我们不比一棵树和一只燕子高贵和高明，甚至有时还不如。

　　中国作家里，我信服萧红。她把她家的菜园写活了："花开了，就像花睡醒了似的，鸟飞了，就像鸟上天了似的，虫子叫了，就像虫子在说话似的，一切都活了。都有无限的本领，要做什么就做什么。倭瓜愿意爬上架就爬上架，愿意爬上房就爬上房。黄瓜愿意开一朵黄花就开一朵黄花，愿意结一个黄瓜就结一个黄瓜，如果都不愿意，就一个黄瓜也不结，一朵花也不开，也没人问他。玉米愿意长多高就长多高，他愿意长到天上去也没人管，蝴蝶随意飞，一会从墙上飞过来一对黄蝴蝶，一会儿又飞走一只白蝴蝶,他们从谁家来的,又到谁家去,太阳也不知道。"原因在于那倭瓜也好,黄瓜也好,已经和她命牵一线,情系一心,她写的就是自己。

很多年前,读迟子建的小说《逆行精灵》,里面有一段雨过天晴后阳光的描写,至今记忆犹新:"阳光在森林中高高低低地寻找着栖身之处,落脚于松树上的阳光总是站不稳,因为那些针叶太细小了,因而它们也就把那针叶照得通体透明。"

更多年以前,读苇岸《大地上的事情》,说到他曾经在一次候车的时候看到一只麻雀,发现麻雀并不是平常所说的只会蹦跳,不会迈步,只不过是移动步幅大时蹦跳,步幅小时才迈步。这一发现,让他激动,他说:"法布尔经过试验推翻了过去昆虫学家'蝉没有听觉'的观点,此时我感到我获得了一种法布尔式的喜悦和快感。"

如今,谁还会在意落在松树上的阳光,因为松针细小而"站不稳"这样的小事?谁又会为注意麻雀和其他小鸟一样会迈步,而涌出"一种法布尔式的喜悦和快感"?观察的细致入微,来自潜心专注。眼睛视而不见或熟视无睹的粗心麻木,源于心已经粗糙如搓脚石一般了。

去年,读作者叫李娟的一篇文章,名字不大熟悉,文字却打动我。她说花的形状和纹案"只有小孩子们的心里才能想象得出来,只有他们的小手才画得出"。她说花开成的样子,"一定都有着它自己长时间的并且经历相当曲折的美好意愿吧?"她说花散的香气,"多么像一个人能够自信地说出爱情呀!"她还说那些没有花开也没有名字的平凡的植物:"哪一株都是不平凡的。它们能向四周抽出枝条,我却不能;它们能结出种子,我却不能;它们的根深入大地,它们的叶子是绿色的,并且能生成各种无可挑剔的轮廓,它们不停地向上生长……所有这些,我都不能……植物的自由让长着双腿的任何一人都自愧不如。"

感动的原因,是她和上述那些值得信赖的作家一样,有这种本事,平心静气,又气定神闲,内心里充满平等,又充满真诚,把大自然中这些最为普通的一切,细腻而传神地告诉给我。只有他们才有这种本事,信手拈来,又妙手回春一般,将这些气象万千的瞬间捕捉到手,然后定格在大自然的日历上,辉映成意境隽永的诗篇、生命永恒的乐章。

谁能够做到这样?这样对待大地上一朵普通的花、一条普通的河、一棵普通的树,或一只普通的燕子或麻雀?我们会吗?我们可以把花精致地剪成情人节里的礼物,可以在河里捞鱼或游泳,可以到原始森林里去旅游或野炊,可以在落满雪花的大树前或爬到树上去拍照片,但我们不会有春天里第一朵花开时瞬间的感觉,不会注意到阳光在松针上"站不稳"、麻雀会迈步、燕子会写希伯来文字这样的细微处,更不会面对平凡不知名的植物而心怀自愧之感。

想起英国的作家乔治·吉辛。几乎和这位李娟一样,他也曾经注意并欣赏过平凡的小花和无数不知名的植物,认为那是世界上最美妙的事情。在《四季随笔》一书里，他这样说："世间还有什么比这更美妙呢？在阳光普照的春晨，世上有多少人能这样宁静、会心地欣赏天地间美景呢？每五万人中能否有一个人如此呢？"

　　我是吗？是这每五万中的一个？

肖复兴入选语文课本和试题的选文篇目

《那片绿绿的爬山虎》《面包房》《佛手之香》《喝得很慢的土豆汤》《青木瓜之味》《白桦林》《胡杨树》《杜鹃,杜鹃》《水之经典》《草是怎样一点点绿的》《城市的雪》《是什么把水弄脏》《天池浪漫曲》《前面遭遇塌方》《年轻时去远方漂泊》《聪明只是一张漂亮的糖纸》《拥你入睡》《两角钱》《超重》《风中华尔兹》《鱼鳞瓦》《永远的校园》《清明忆父》《母亲》《窗前的母亲》《花边饺》《荔枝》《苦瓜》《母亲与莫扎特》《生命不仅属于自己》《阳光的感觉》《童年的小花狗》《宽容是一种爱》《学会感恩》《奥斯维辛的雪》《孤独的普希金》《史可法的扬州》《暮年放翁和晚年雷诺阿》《画画是不用手的》《寻找贝多芬》《小溪巴赫》《莫扎特的单簧管,巴赫的双簧管》《新泽西来的海菲兹》《飘逝的含蓄》《远离古典》《春天去看肖邦》《生命的平衡》《绿色的林荫路》《阳光的两种用法》《尊重》《德天瀑布》《南疆,一枚金色的书签》《简洁是最美的生活》《红楼选秀与大众文化》《如何面对重拍经典》《空敞地和老地方》《表叔与阿婆》《萤火虫》《少读宋词》《北京的门联》《冬夜重读史铁生》《应无所住》《朋友，你并不比残疾人高贵》《向往奥运》《茶花女柳依依》《重访草莓园》《丝瓜的外遇》《公交车试验》《孤单的雪人》《上一碗米饭的时间》……